Klaus Schamberger
Ich bitte um Milde

60 neue Gerichtsglossen

ars vivendi

Originalausgabe

1. Auflage Februar 2017

www.arsvivendi.com

Umschlaggestaltung: Karin Roth,
nach einem Motiv von Toni Burghart
Typografie und Ausstattung: ars vivendi
Druck: Orthdruk
Printed in the EU

ISBN 978-3-86913-769-8

Ich bitte um Milde

Inhalt

Gerlinde, die Dackel-Schamanin

In unruhigen Zeiten, in denen täglich neue Neuerungen den Menschen erschrecken, haben Schamanen aller Art gern Hochkonjunktur. Die Geschäfte von Wünschelrutengängern, Mondkalenderherstellern, Jenseitsbotschaftern, Pflanzenbesprechern und anderen staatlich ungeprüften Mysteriologen blühen im Schein ihrer Räucherkerzenfunzeln, dass es eine Freude ist. Für den Dackelinhaber Max L. ist es aber überhaupt keine Freude gewesen, wie es vor zwei Monaten geklingelt hat und die Nebenerwerbs-Tierflüsterin Gerlinde K. vor der Wohnungstür gestanden ist.

Frau Gerlinde K., in der Telepathie zwischen Mensch und Tier durch intensives Eigenstudium außerordentlich bewandert, spricht örtliches Hochdeutsch mit zarter Muggenhofer Färbung. »Kuden Apent«, hat sie damals in etwa dem Max an der Tür gewünscht, »ich komme weken ten Dermin weecher Ihrenen Gustl.« Hat heißen sollen: Sie wünscht einen guten Abend und möchte sich jetzt absprachegemäß um den Dackel vom Max, welcher Gustl heißt, kümmern. Seelisch. Denn der Gustl hat Depressionen und frisst seit drei Tagen nichts mehr.

»Ja, des hob doch iich nedd gwissd, Herr Richter«, äußerte sich jetzt der Max auf der Anklagebank des Amtsgerichts, »dass däi Frau mid unsern Gustl dellefonisch odder wäi blaudern hodd wolln. Des hobbi erschd schbeeder erfoohrn, dass däi des mid meiner Frau ausgmachd g'habd hodd. Und mei Frau is in dera Wochn affern dreitägichn Ausfluuch mid der Kirch gween und hodd mer nix gsachd von Gustl seiner Kommunisdadorin odder wäi des hassd.« Gemeint war vermutlich Kommunikatorin, in dem Fall Dackelbesprecherin. Und so hat sich damals ungefähr folgendes Zwiegespräch ergeben. Der Max: »Wos wolln Sie vo mein Gustl!?« Die Dackelpsychotherapeutin Gerlinde K.: »Ihnen Ihr Kustl hat tebressive Monumente. Ich mechte als Erschdes in seiner Vergangenheit forschen, in seinen vorheriken Lepen. Ich wente die enerketische Medoote an. Sie gestatten?« Und schon hat es sich die Gerlinde selber gestattet: Den ermatteten Gustl in seinem Körbchen aufgesucht, ihm tief in die müden Augen geblickt und leise auf ihn eingeredet. »Hapen Sie ihn in letzter Zeit ankeprülld oter umbflädich peschimbft?«, hat die Gerlinde den Gebieter vom Gustl gefragt. »Des gäihd Ihner einen Scheißdreeg oo! Iich brüll mein Dackl oo, wenn iich will! Dou frooch i doch nedd dich bläide Henner vuurher!«

Das etwa halbstündige Gespräch mit dem Gustl, erinnerte sich die Dackelsprachendolmetscherin jetzt vor Gericht, sei an sich sehr zufriedenstellend verlaufen. Sie wäre dem Ursprung der Nahrungsverweigerung tiefenpsychologisch schon noch auf den Grund gekommen. Das Gespräch mit Herrn Max L. habe sich jedoch immer unersprießlicher entwickelt. »Bradzn wech vo mein Gustl!« – »Bläide Heigeing, bläide! Woher wassdn du ibberhabbs mei Adress!?« – »Schau edzer, dassdi schwingsd, mid dein Bsichologie-Gschmorgl!« … so in etwa die Einwände vom Max gegen die energetische Therapie. »Ich pidde um äußerste Ruhe edzerd! Ich spreche mit Ihrenen Tackel«, hat die Gerlinde nach Art der abgeklärten, tief in ihrer Lehre ruhenden Wissenschaftlerin gelassen reagiert. Und hat sich weitere 10 bis 15 Minuten mit dem Gustl telepathisch unterhalten. Dann hat sie sich feierlich erhoben und dem Max mitgeteilt, dass ihr Patient morgen wieder frisst, er habe es ihr zugesichert, und dass sie jetzt gemäß Dackelplauderinnungsabkommen 90 Euro Honorar erhält. Und zwar in bar.

»Wassd, wosd du edzer in bar gräigsd!?«, hat daraufhin der Max gebrüllt, »du gräigsd edzer gleich in bar vull anne aff die Waffl, dassd middn Schwanz wedelst, wennsd an häsd!« Und zusätzlich hat er noch unter Beweis gestellt, dass er ebenfalls die Dackelsprache beherrscht. »Gustl! Gib Laut!«, hat er befohlen. Und kurz danach: »Gustl! Fass!« Folgsam hat der Gustl erst keuchhustenartig gebellt und dann die Gerlinde, für einen depressiven Dackel sehr kräftig, ins Bein gebissen. Danach hat der Max die Dackel-Schamanin in hohem Bogen aus der Wohnung geschmissen. Wegen Beleidigung, Anstiftung eines Dackels zur Körperverletzung und Honorarzahlungsverweigerung wurde Herr Max L. zu einer Geldstrafe von 3.000 Euro verurteilt. »Mit Ihrenen Tackel«, ließ Frau Gerlinde K. den Angeklagten nach der Verhandlung wissen, »rete ich kein Wort mehr, dass Sie es wissen tennen.« – »Des«, antwortete der Max, »soong S' am besdn mein Gustl selber. Tiefentelefonisch.«

Der laufende Gartenteich

Kenner von Gartenteichen wissen, dass ihre Goldfisch-Ozeane infolge eines Loches im PVC durchaus einmal auslaufen können. Dass aber ein ungefähr zwei mal drei Meter großer Gartenteich, beziehungsweise ein Regenwasserbecken, laufen kann, gehört zu den eher ganz seltenen Naturschauspielen. Einen der wenigen Augenzeugenberichte über einen laufenden und zwischendurch sogar singenden Gartenteich durften jetzt die zwei Heim- und Wasserwerker Helmut R. und Richard K. vor dem Amtsgericht zum Besten geben. Wobei der Richard nur wegen Beihilfe angeklagt war.

Als Haupttäter galt Herr Helmut R., der in einer gut sortierten Baustoffhandlung das damals noch ruhende Wasserbecken zum Sonderpreis von 199 Euro erstanden hatte. Eigentlich hätte es zu ihm nach Hause geliefert werden sollen, aber der Lkw der Baustoffhandlung war gerade unterwegs. »Ich hädds«, sagte er jetzt vor Gericht, »erschd drei Dooch schbeeder gräichd, nä. Obber ich hobs glei hoom wolln. Wall, der Richard is ja derbei gween, dass mers ba mir in Garddn gleich an Ort und Stelle sedzn kenner, nä. Und nou hommer gsachd, des bissla Garddndeich demmer aff mein Dachständer vom Auto draff, nä.«

Allerdings ist das Wasserbecken fast größer als das Auto gewesen. Also hat der Helmut hin und her überlegt, wie man den Sofort-Transport dennoch bewältigen kann. »Wassd wos«, hat er dem Richard vorgeschlagen, »des droong mer zu zweid hamm. Weit is ja nedd, nä.« Und weil das Becken am Rand ziemlich scharfkantig gewesen ist, hat sich der Helmut für den auch in afrikanischen Ländern gängigen Kopftransport entschieden.

Er und sein Helfer haben sich je eine zusammengelegte Decke aufs Haupt gesetzt, sind unter das umgedrehte Wasserbecken geschlüpft und dann im Gleichschritt abmarschiert. Auf ihnen hat ein Gartenteich von ungefähr 60 Kilogramm gelegen, vor ihnen ein Heimweg von knapp fünf Kilometern.

»Bläid woor hald bloß«, sagte der Helmut, »dass mir dou drinner in den Wasserbeckn nedd vill gseeng hom, nä.« Nur anhand der Pflasterung unter sich haben sie Gehsteige von Autostraßen unterscheiden können. Zudem hat sich unter dem laufenden Wasserbecken schon nach einer halben Stunde derartig die Hitze gestaut, dass die beiden Teichträger kurz einmal einkehren haben müssen. »Drei, vier Seidla jeder«, meinte der Helmut, »wer mer scho g'habd hom, nä. Und nou hommer unser abgschdellds Wasserbeckn widder naafgschdemmd und sin weidergloffn.«

Einigen Passanten hat sich danach ein wunderbares Schauspiel geboten: Ein zwei mal drei Meter großes Wasserbecken, auf vier leicht torkelnden Füßen dahinschwebend und aus seinem Inneren schöne alte Bundeswehr-Marschlieder dumpf tönend. Unter anderem hat man aus dem Klangbecken brüllen hören »Ein Heller und ein Ba-a-tzen, die waren beide mein« oder »Die blauen Dragoner, sie reiten mit klingendem Spiel durch das Tor« oder den wunderbaren Schwachsinn-Song »Es braust unser Panzer im Sturmwind dahin«.

Beinahe hätten die zwei blauen Dragoner in ihrem laufenden grünen PVC-Panzer ihr Ziel erreicht. »Obber nou«, sagte der Helmut, »is der Richard vuur mir gschdolberd, ich bin über ihn drübergfluung, und nocherdla hodds an Drimmer Schlooch dou, und nou wass i nix mehr.« Der Trümmer Schlag hat daher gerührt, dass alle zwei blauen Dragoner samt ihrem Wasserbecken auf eine gut befahrene Straße geflogen sind, wo sie der Autofahrer Dieter F. gerammt hat.

Wegen Trunkenheit im Wasserbecken und Gefährdung des Straßenverkehrs ist der Gartenteichträger Helmut R. zu sechs Monaten Führerscheinentzug und 1.800 Euro Geldstrafe und sein Beiträger Richard K. zu 800 Euro verurteilt worden. Die Reparaturkosten in Höhe von 3.000 Euro für die Kühlerhaube des Autos von Herrn Dieter F. müssen beide ebenfalls erstatten. Trotz seines demolierten Autos hatte der Dieter aber durchaus Verständnis für seine zwei Unfallgegner. »Schuld«, sagte er zu ihnen nach der Verhandlung, »schuld is eingli der Verkehrsfunk. Wall wenn däi Schloufhaum im Radio gmeld häddn ›Vorsicht Autofahrer, in der Höfener Straße kommt Ihnen ein Geistergartenteich entgegen‹, nou wär ibberhabbs nix bassierd.«

Das Cappuccino-Attentat

Nicht selten müssen von einem Amtsgericht außerordentlich befremdliche Fragen geklärt werden, für die es dann auch noch zu allem Überfluss keinerlei Präzedenzfälle gibt. Wie etwa in der Strafsache Frau Nicole F. gegen Herrn Armin W., wo das Problem daraus bestand: Muss man durch den Ärmel eines Mantels, bevor man in ihn mit seinem Arm mehr oder weniger schwungvoll hineinschlüpft, zunächst durchschauen, ob eventuell jemand davor steht? Zum Beispiel eine Tasse Cappuccino.

Im deutschen Strafrecht kommen ein Mantelärmel und die Gefahren, die an seinem Ausgang lauern können, jedenfalls nirgendwo vor. Deswegen hat sich der Armin für vollkommen unschuldig gehalten. Er ist an einem sonnendurchfluteten Vormittag an einem innerstädtischen Gehsteig-Café vorbeiflaniert und hat in sich den Wunsch verspürt, ein Häfala Bier zu sich zu nehmen. In der Sonne und im Sitzen. Allerdings sind nur Plätze im Schatten oder zum Stehen frei gewesen.

»Und nou hob ich obber gseeng«, äußerte sich der Armin jetzt auf der Anklagebank, »dass däi Frau dou grood ihr Handdaschn eiräumt und der Bladz woohrscheins glei frei wird.« Von »gleich« kann natürlich keine Rede sein, wenn eine Frau beginnt, ihre Handtasche einzuräumen. Der Armin ist damals seitlich hinter der ihren Handtascheninhalt sorgfältig sortierenden Nicole gestanden. Außer sehr viel Zeit ist dabei dem Armin langsam auch die Geduld vergangen. Mit den Worten »Dou werd glei frei, gell?«, und »Ich ward scho nu aweng« hat er seinen Mantel ausgezogen und ihn am Tisch seitlich abgelegt. Worauf die Nicole gedröhnt hat: »Dou werd ieberhabbds nedd frei!«, sodann ihren

Handtascheninhalt teilweise wieder ausgepackt und dem vorbeieilenden Ober nachgerufen hat: »Nu an Kabudschino!« Und dem Armin hat sie bedeutet: »Edzer hock i im Schaddn, gänger S' aus der Sunner!«

Während eines sich sodann ergebenden kleinen Wortwechsels über Höflichkeit, Umgangston und mutwilliger Kaffeepausenverlängerung hat der Armin dann aber doch wieder zu seinem Mantel gegriffen. »Ja, und nocherdla binni hald«, sagte der Armin vor Gericht, »widder in mein Mandl neigschlubfd. Sunsd hobbi nix gmachd.«

»Ner fraali«, entgegnete die Nicole. »›Sunsd hobi nix gmachd! Sunsd hobbi nix gmachd!‹ Dassi fei nedd lach! Der hodd ganz genau gseeng, wosser sunsd nu gmachd hodd!« Und zwar ist der Armin in den rechten Ärmel seines Mantels derart wuchtig hineingeschlüpft, dass am anderen Ärmelende seine Hand, beziehungsweise Faust, förmlich herausgeschnalzt ist: Erstens in die vom Ober gerade dargebrachte Tasse Cappuccino hinein, zweitens auf die Brille von der Nicole und drittens auf ihre Nase. »Mei Brilln«, sagte die Nicole, »hodds in zwei Deile zerdebberd, aus der Noosn is mer es Bloud rausgschossn, der haaße Kaffee is mer in mei Bluusn neigloffn, und am Kubf hobbi ein Sahnehäubchen g'habd!« Sogar die Sanitäter seien damals alarmiert worden.

Herr Armin W. blieb aber dabei, dass er an der Garnierung der Nicole mit einem Sahnehäubchen unschuldig ist: »Ich hob mi mid mein rechdn Arm erschd aweng im Ärml verwerrdld g'habd. Und wäi ich nou endlich durchkummer bin durchn Ärml, woors hald a bissala hefdich, gell.«

Und dass im Augenblick des gelungenen Durchstoßes durch den Mantelärmel der Ober mit dem Cappuccino erschienen ist, da könne er wirklich nichts dafür.

»Odder häddi erschd durch mein Ärml durchschauer solln?« Die eher rhetorische Frage beantwortete sich der Armin gleich selber: »Des hädd ja aa nix gnidzd. Wall an meine Händ hobbi kanne Aung, Herr Richter.«

Nach eingehender Beratung mit sich selber ist der Richter zwar auch zu der Überzeugung gelangt, dass man durch einen Mantelärmel hindurch nur in den seltensten Fällen freie Sicht hat, dass man ihn aber im Fall des hier erwiesenen Vorsatzes durchaus als eine Art Kanonenrohr oder Ärmelkanal benützen kann. Für den folgenschweren Schnalzerer aus dem Mantel wurde Herr Armin W. zu einer Geldstrafe von 1.200 Euro verurteilt, ein Schmerzensgeld wegen des heißen Cappuccino und der blutenden Nase und Schadensersatz für die Brille noch nicht gerechnet. »Des Sahnehäubchen«, komplettierte der Armin das Urteil, »aff dera ihrn bläidn Kubf hom S' vergessn. Odder kost des nix?« Es kostete eine Ordnungsstrafe von 300 Euro.

Der Heimatforscher

Wer behauptet, Jugendliche und Heranwachsende würden heutzutage nicht mehr lesen, hat keine Ahnung oder kommt wenig unter modisch gekleidete Menschen. Denn noch nie ist so viel gelesen worden wie heute. Und zwar auf Unterhemden. Unlesbare Unterhemden, beziehungsweise T-Shirts, gibt es überhaupt nicht mehr, alle sind mit teilweise gravierender Lektüre bedruckt. Unter den vielen Milliarden Aufschriften befinden sich so extrem bedenkenswerte Aphorismen wie etwa: »Bier formte diesen Körper«. Oder »Sauf mich schön!«, »I like Knöchelsulze«, »Das Leben ist kein Ponyhof«, »My Home is my Kassel«, »Durch Deutschland muss ein Rucksack gehen!«, »I like Muggenhof«. Oder ganz einfach, aber auch nicht schlecht: »Jack Wolfskin«.

Eine an das scheinbar ewige Überleben gemahnende Unterhemden-Aufschrift hat es jetzt infolge einer sich aus ihr ergebenden Diskussion sogar bis zur Würdigung durch ein Amtsgericht gebracht. Das vermutlich mit Hilfe von zehn Kästen Bier und unter langem, vollkommen hirnzellenfreiem Nachdenken ersonnene Druckwerk hat gelautet: »Die BRD ist mir gleich, meine Heimat ist das Deutsche Reich«.

Träger dieses interessanten Unterhemdenplakats ist der Schriftenmaler Karlheinz H. gewesen, der an einem Samstag derart informativ an einer Supermarktkasse angestanden ist. Die Schlange vor der Kasse ist ziemlich lang gewesen, und so hat der hinter Herrn Karlheinz H. wartende Arnold B. viel Zeit gehabt, die in altgermanischer Runzelschrift gehaltene Inschrift in aller gebotenen Besonnenheit zu studieren. Schließlich hat er seinem Vordermann sanft auf die Schulter getippt: »Sie wern obber aa froh sei, wenn S' amol gschdorm sin, odder?« Der Herr H. daraufhin: »Wos is?« – »Ner ja, weecher den Deutschen Reich, wou aff Ihrn Hemmerd draffsteht. Wall des hodds ja aa scho lang wechbfiffn, des Deutsche Reich. Und wenn des Ihr Heimat is – nou sin S' ja erschd in Ihrer Heimat, wenn S' Ihnen auch wechbfeifd, odder?«

Sprachlich feinziseliert hat der geistige Bewohner des Deutschen Reichs geantwortet: »Hald dei Maul, Oorschluuch!« Und hat zur Abrundung seines geistigen Höhenflugs noch hinzugefügt: »Solche Oorschlecher wie du sin fräihers nach Dachau kummer.« Das Gespräch ist damit aber noch nicht beendet gewesen, denn der Arnold hat auf den Hinweis mit Dachau schon wieder eine dringende Frage gehabt: »Sin Sie gwiss aus Dachau?«

Die Antwort »Hald edzer endlich dei Maul, Oorschluuch!« hat den Hintermann aber nicht vollständig zufriedengestellt. »Edzer numol mid Ihrn Deutschen Reich«, hat er die am T-Shirt veröffentlichte Heimatfrage wieder aufgenommen, »wos fiir a Reich maanern Sie eingli? Des von Karl dem Großen? Odder von Pippin dem Blöden? Odder maaner Sie Reichenschwand? Odder Unterreichenbach?« Noch einmal hat der Schriftenmaler Karlheinz H. argumentativ alles gegeben: »Hald edzer dei Maul, Oorschluuch, hobbi gsachd!!«

Worauf der nach dem Ursprung des am Unterhemd verewigten Deutschen Reichs forschende Arnold B. unglücklicherweise ebenfalls zur schriftlichen Dokumentation seiner Meinung übergegangen ist: Mit einem Filzstift hat er ein paar Buchstaben auf ein geschwind dem Wühltisch entnommenes weißes Unterhemd gekritzelt und es dem Karlheinz H. hingehalten: »Sin S' suu gut und zieng S' des über Ihr Hemmerd driiber. Bevuur dass mer schlecht wird.«

Erst hat der Karlheinz das geschenkte T-Shirt mit den Worten »Lou mer mei Rouh, Oorschluuch!« nicht annehmen wollen, es dann aber doch ausgebreitet und gelesen. In großen Buchstaben ist seine eventuelle ideologische Heimat draufgestanden: »Nazionalarschlochismus«.

Und jetzt hätte der Verfasser des Textes nicht nur wegen schriftlicher Beleidigung verurteilt werden sollen, sondern auch wegen des damals an der Supermarktkasse vorgeschlagenen Verwendungszweckes für das ursprüngliche T-Shirt. »Mit dem«, soll er zum Karlheinz gesagt haben, »kenner Sie sich in Zukumbfd weecher mir in Oorsch auswischn. Nou kummd Braun zu Braun.« Das hohe Gericht wog aber die von beiden Seiten erhobenen Oorschluuch-Vorwürfe sorgfältig ab und sprach den Heimatforscher Arnold B. frei.

Der Schweinauer Gaggerlaskrieg

Jammerschad, dass der Baron auf und zu Guttenberg die Bundeswehrpflicht abgeschafft hat. Sonst hätte die Hausfrau Anita M. demnächst in die Streitkräfte eintreten können. Als Wehrmagd und höchstwahrscheinlich zielsicherste Eierhandgranatenwerferin Deutschlands. Ihr Truppenübungsplatz wird so aber der zweite Stock eines Mietshauses in Schweinau bleiben müssen. Und ihr persönlicher Talib die ebenfalls schon seit vielen Jahren als Hausfrau dienende Margit D. Die ersten Kampfhandlungen im Schweinauer Eierkrieg haben vor einigen Monaten begonnen, und zwar damit, dass Frau Anita M. und ihr Mann als neue Mieter eingezogen sind, auf demselben Stockwerk wie die Margit.

»Däi hom si«, sagte die als Opfer und Zeugin geladene Margit D., »nichd amol ba uns vuurgschdelld. Obber kaum woorns a Wochn neber uns, schellds fräih ummer Achder, ich gäih naus, schdäihd eine wildfremde Frau vuur mir und froochd mi, obs leihweise zwaa Gaggerla hoom kennd. Ihre Henner, hodds gsachd, häddn den Fräih nunni gleechd. Und nou hodds gscheid lachn mäin iiber ihrn bläidn Witz.«

Die Margit hat damals nicht recht lachen können, ihrer neuen Nachbarin aber dann die zwei Frühstückseier ausgehändigt, mit den Worten »Wiedersehn machd Freude, gell!« Einige Tage später ist die Anita wieder vorstellig geworden, erneut mit der Bitte um einige Leih-Eier. Und so ist es dann wochenlang weitergegangen: Ob sie, die Anita, sich gschwind nur ein paar Hundert Gramm Mehl ausleihen könne, drei Schäufala Zucker und immer wieder Eier. »Aamol hobbis scho gfrouchd«, sagte die Margit, »ob sie dou driimer in ihrer Wohnung eine

Bfannerkoung-Fabrigg aafgmachd hodd, odder wos. Und dou derbei hobbi ihr zeichd, wos i alles scho aafgschrieb'n hob: Ein Kilo Mehl, a halbs Kilo Zucker, nou hoddser si vo mein Moo nu drei Bäggla Zigareddn gleihd, und insgesamd dreißich Eier. Woohrscheins hodd däi vuurher in der Leyer Schdrass gwohnd.«

Wie dann das Eier-Darlehen sich auf etwa vierzig Stück angehäuft hat, ist die Margit bei ihrer Nachbarin vorstellig geworden. »Also suwos Gewöhnlichs«, äußerte sich die angeklagte Anita jetzt vor Gericht, »suwos hobbi in mein ganz Leb'n nunni g'heerd. Dass sie mir ab soford wos scheißd, hodds mi oobrülld, wenni schbeedesdns am andern Dooch nedd meine Schuldn zoohl und alles zusammen, die Gaggerla, Zucker, Mehl, Zigareddn, widder zrigg bring. Und wenn i ka Geld hob zum Eikaafn, nou soll i mer mei bläids Maul an die Diischkandn hiihauer odder Fensderkidd fressn. Und warum iich ibberhabbs suvill Eier brauch, obs vielleichd mei Moo dringend nöödich hodd. Im ganzn Haus hodd mer des Gschrei g'heerd, Herr Richter.« – »Also so einen Ton«, fügte sie vornehm und in original hiesigem Hochdeutsch noch hinzu, »pin ich fei nicht kewöhnt, Herr Vorsitzenter! Tas is nicht unser Nifoo!«

Gleich am andern Tag habe sie die rückständigen Eier, Mehl, Zucker und Zigaretten retourniert. »Alles zusammen«, sagte sie, »wie es tie Nachparin bferlangt hat.« In der Form hat es die Nachbarin aber nicht bferlangt: vierzig Eier, bereits aufgeschlagen, in einem Putzeimer, alles gut vermengt mit Zucker, Mehl, sowie den Tabakbröseln von drei Packungen Zigaretten. »Und den Aamer vull mid den ganzn zammgrührdn Dreeg«, schluchzte die Margit auf der Zeugenbank, »hodds mer nou übern Kubf driibergschüdd. Und derzou hodds gsachd, dassi, wenni mein Gschmarrikubf zammds den Lebberi in die Bfanner neidou, nou konn i an Kaiserschmarrn draus machn. Tas is auch nicht mein Nifoo, Herr Richter!«

Die Putzeimerattacke ist aber erst der Auftakt zum Schweinauer Eierkrieg gewesen. Wie nämlich der Ehemann der Margit, Herr Helmut D., nach dem Überfall auf seine Frau der Anita in die Nachbarwohnung nachgerannt ist, hat es ihn auch erwischt. »Wäivill rohe Eier däi Furie aff mich gschmissn hodd, wassi nedd genau«, sagte er aus. »Ich wass blouß nu, dass mi mid an Gaggerla middn ins Gsichd droffn hodd, ans is im Drebbnhaus am Fensder roogloffn und drei odder vier hodds in unser Wohnung neibrelld. Vull aff unser neie Dabeedn draff.« Wegen Eierhandgranatenwurf, Putzeimerüberstülpung mit rohem Kaiserschmarrn und vorsätzlicher Tapetenaufweichung ist die sonst sehr vornehme Frau Anita M. zu zwei Monaten mit Bewährung und einer Geldbuße von 800 Euro verurteilt worden.

Gefüllte Manteltaschen

In allen menschlichen Gemeinschaften gibt es selbst ernannte Mittelpunkte, strahlende Lichtgestalten mit einer Aura wie überirdische Wesen. Sie haben die schönsten Autos, die teuersten Kleidungsstücke, das höchste Jahresgehalt, eine Bodenhaftung wie ein Heißluftballon, die besten Krankheiten, und wenn jemand in ihrem Kreis was weiß, wissen sie es wie aus der Pistole kluggeschissen wesentlich besser.

Zu diesen Nobilitäten aus eigenen Gnaden gehört der seit einigen Jahren schon emeritierte Maßschneider Heinz F. Einmal im Monat hält er in einem kleinen Gasthaus Hof und erklärt dort anlässlich eines Gläsleins Mineralwasser einigen Untertanen dann immer die Welt. Sein Erscheinen wird meist mit dem Jubelruf untermalt: »Edzer kummd des Rimbviech scho widder!« Erbittertster Widersacher in der kleinen Weltbesprechungsgemeinde ist der ebenfalls schon im Ruhestand befindliche Reinhold H., ein ehemaliger Metzger, der es vor drei Monaten geschafft hat, dass der Oberklugscheißer den Stammtisch nicht mehr mit seinen Weisheiten beglückt. Allerdings mit drastischen Mitteln. Ihretwegen ist der Reinhold vor Gericht gestanden.

An jenem Spätnachmittag der alles andere als ruchlosen Tat ist der Heinz am Stammtisch aufgetaucht wie frisch aus dem Hochglanzprospekt von Karl Lagerfeld entsprungen: Tailliertes Kaschmirmäntelchen, seidengefüttert, Pelzkragen, golden schimmernde Applikationen, den allwissenden Kopf mit einem Nerzmützchen bedeckt. »Hobbi mer in Mailand machen loun«, hat er seinen am Lachkrampf zu ersticken drohenden Kameraden erklärt, »Hodd mi zehn Riesen kost. Reines Kaschmir. Obber woohrscheins wissd ihr nedd, wos Kaschmir is.« Im Lauf seines weiteren Monologs hat er nicht nur dargelegt, was Kaschmir ist, sondern auch dessen geografische Lage, die Welt im Fernen Osten, die Politik im Nahen Osten. Und weiters hat er wissen lassen, dass die 10.000 Euro Kaschmirmantelkosten für ihn ein Pappenstiel sind. Jetzt muss man nur noch wissen, dass es an diesem Tag Schlachtschüssel gegeben hat im Gasthaus, unter anderem mit Blut- und Leberwurst.

Der Reinhold ist während des Vortrags vom Heinz austreten gegangen. Und bei seiner Rückkehr hat er den Heinz zu seinem Reichtum beglückwünscht: »Des is nedd schlechd, dass fiir dich zehadausnd Euro ein Babbnschdiel sin. Wall, ich glaab, dei Kaschmirmandl brennd.« Tatsächlich hat es aus dem kostbaren Mantel an der Garderobe ein bisschen herausgedampft. Blitzschnell ist der Heinz aufgesprungen, hat in die nerzbesetzte Manteltasche gegriffen – und ist dann vor Entsetzen erstarrt: Von seiner Hand ist ein dunkelrot, bräunlich, grau gesprenkelter, frisch dampfender, undefinierbar duftender Brei herabgetropft. »Wer woor des!!?«, hat der Heinz, inzwischen auch an der anderen Hand dunkelrot und grau triefend, gebrüllt. »Wos fiir a Sau hodd mir in meine Mandldaschn neigschissn!!?«

Einer nach dem andern hat daraufhin versucht, sich auf die unappetitliche Manteltaschenfüllung seinen Reim zu machen. »Inner Mandldaschn kommer doch nedd neischeißn. Es sei denn, a Kunstscheißer.« – »Vielleichd woors affn Weech vo Mailand her a großer Vogel. Efendwell ein Kormoran.« – »Odder dass a Hund sei Haifla neigsedzd hodd.« – »Odder dass des der Schneider in Mailand gween is. Hosd dei Rechnung nunni zahlt?« Erst nach einer Geruchsprobe mit anschließender vorsichtiger Verkostung hat der Reinhold festgestellt: »Kommando zrigg! Dou hodd kanner in dein Mandl neigschissn! Des is eindeutig Blut- und Leberworschd, scho aus der Worschdhaut rausdriggd! Und ganz frisch, fei!« Über seinen Kaschmirmantel mit Leberwurstgeschmack hat der Heinz nicht recht lachen können. »Des is der pure Neid, Herr Richter«, sagte er vor Gericht, »wall die sich su wos Kostbars nedd leisten kenner.« Wer aber die Manteltaschen mit der Schlachtschüssel gefüllt hat, bleibt im Dunkel. Mangels Beweises ist der Reinhold vom Vorwurf der Sachbeschädigung freigesprochen worden. Aber auch einer Verurteilung mit anschließender Schadensersatzzahlung wäre dem Reinhold ziemlich leberworschd gewesen: »Wall am Edikedd hobbis doch gleesn – der Mandl is nedd aus Mailand gween, der woor vom Brenninkmeyer.«

Der Kacktus-Kapo

Immer wieder einmal kommt es bei der gerichtlichen Klärung tätlicher Auseinandersetzungen zu der gern genommenen Ausrede, dass das Opfer einer Schelln in die vom Gegner erhobene Hand infolge überirdischer Kraftfelder selber hineingelaufen sei. Seltener findet sich in den Akten ein Fall, wo sich jemand mit zirka 500 Gramm Rauhaardackelwurst beworfen hat. Der Pensionist und Grünanlagenberater Georg L. schwört aber Stein und Bein, dass so was vorkommen kann. Er hat es ja selber miterlebt. Sagt er, der selbst ernannte Hüter über Hundescheiße im Bereich des Exkrementariums Deutschherrnwiese.

Dort hat sich an einem Abend gerade die Dämmerung herniedergesenkt, wie Frau Brigitte S. ihre Dackeldame namens Waggi zur Verrichtung der Kotdurft animiert hat. »Ich hobs scho vo allerweidn g'heerd«, erinnerte sich der Kacktus-Kapo Georg L. auf der Anklagebank, »wäi die Frau dauernd gwinsld hodd – ›Kumm Waggi, driggs hald naus, deine Bemberla!‹ Und nou hodd der Dackl sei Buckerla grumm gmachd.«

Wobei nach Einschätzung vom Georg die Hinterlassenschaft von der Waggi mit »Bemberla« eher unzureichend beschrieben war. »Eine Riesnworschd is des gween, Herr Richter, wou i bloß soong konn: Mein Reschbeggd! Wos in suu an glann Dackl alles neigäihd. Und vuur allem – wos dervoo nu rauskummd.«

Die Hochachtung vor der Ausdruckskraft eines Rauhaardackels hat der Georg dann offenbar auch der Brigitte unbedingt mitteilen wollen. Eilenden Schrittes hat der Deutschherrnwiesen-Wachtel sie verfolgt und hinter ihr hergerufen: »Hallo, Frau! Sie hom wos verluurn!« In ein Tempotaschentuch eingewickelt hat er der Brigitte den verlorenen Gegenstand, den kunstvoll gekringelten Hundehaufen der Waggi, hingehalten, in Verbindung mit der Frage: »Sie hom gwiss nunnix dervoo g'heerd, dass in Närmberch nach Baragraf 5, Absadz 6 der Grünanlagensatzung eine Kotbeseitigungspflicht besteht!?« Worauf die Brigitte geantwortet hat, sie interessiere sich für die Kotbeseitigungspflicht derart brennend, dass sie drauf scheißt. Und ihres Wissens, hat sie noch hinzugefügt, gebe es in der Volldeppensatzung für freilaufende Rhinozerosse zusätzlich eine Maulsperrenpflicht, und er, der Hundehaufenvollstrecker, möge dieser jetzt sofort nachkommen, indem er seine Waffel hält. Im Übrigen solle er sich um seinen eigenen Scheißdreeg kümmern.

»Konn scho sei«, sagte die Brigitte jetzt in der Verhandlung, »dassi mi aweng deutlich ausdriggd hob. Obber der Moo is ja deroordich bambich worn! Und dauernd hodder mid seiner Kotbeseitigungspflicht nach Baragraf fünf ummernanderbrülld.« Und dabei soll es dann zur gleichermaßen ätzenden wie übelriechenden Straftat gekommen sein: »Aff aamol zäichd der Moo auf – und driggd mir mit vuller Wuchd der Waggi ihr Scheißhaifla affs Auch. Des mäin S' Ihner amol vuurschdelln, Herr Richter! Ich wär ja ball blind worn! Und wäi ich mir des Zeich widder wechgwischd g'habd hob und wos gseeng hob, dou hobbi mid mein Händy nou die Bollizei oogruufn.«

Alles voll erstunken und erlogen, wehrte sich der Georg. Er habe das corpus deliciosus, die ins Tempotaschentuch gewickelte Dackelscheiße, lediglich in der Hand gehalten und es der Frau Brigitte grünanlagensatzungsgemäß zurückerstatten wollen. »Und nou hodds mi am Arm baggd und hii und her gschüddld. Und dou derbei mouß mir der Scheißdreeg irchndwie endgliddn sei. Also in Grund gnummer hodd si die Frau den Haufn vo ihrn Dackl selber ins Gsichd gschmissn.« – »Oorschgloor«, sagte die Brigitte, »genau suu is gween – ich hob mi mid der Waggi ihrn Kacka es Gsichd aweng eigriem. Wall des hilfd geecher Bickl und Mitesser, odder? Und machd a gsunde Hautfarb!« Mangels Zeugen hat es aber nicht mehr genau rekonstruiert werden können, wer an der Exkrementierung des Antlitzes der Brigitte letztendlich schuld gewesen ist, und der Stinkbombenwart der Deutschherrnwiese wurde freigesprochen. »Haid gäihds ja einichermaßn«, teilte der Georg der Brigitte bereits vor dem Gerichtsgebäude mit, nach einem prüfenden Blick in ihr Gesicht, »obber an den Oomd aff der Deutschherrnwiesn – dou hom S' fei richdich scheiße ausgschaud.«

Die Warnhose

Woher die Bläue des blauen Montags ihre herkunftsmäßige Bezeichnung hat, ist sprachwissenschaftlich ungenügend erforscht. Hingegen ist die Bläue des Angeklagten Erich K., der an einem sehr frühen Montag sein Auto in ungewöhnlicher Bekleidung durch den Berufsverkehr gelenkt hat, juristisch und medizinisch exakt erforscht worden, bis auf zwei Stellen hinterm Komma. Fast hätte man schon von einem Koma sprechen können: 1,65 Promille, und zwar Restalkohol. Und auch die Herkunft der fröhlichen Beschwingtheit vom Erich ist bekannt gewesen – das Ehepaar K. hat am Sonntag im Kreis vieler Freunde und Verwandter seine Silberne Hochzeit gefeiert, ungefähr bis früh um drei Uhr.

In weiser Voraussicht hatte der silberne und letztlich tiefblaue Hochzeiter am darauffolgenden blauen Montag eigentlich blau machen wollen. »Obber mei Frau«, entschuldigte der Angeklagte jetzt vor Gericht seinen widerrechtlichen Fahreinsatz, »hodd ärwern mäin. Däi fängt um siemer es Ärwern oo und is obber weecher unserer Silbernen Hochzeit erschd ummer Halberachder aufgwachd. Und walls weechern Zuspätkommer scho amol eine Abmahnung gräichd hodd, hodds mi ausn Bett rausg'haut – ich solls serfordd in die Ärwerd foohrn. Wall mei Frau hodd kann Führerschein.«

Es hat also an diesem in mehrfacher Hinsicht blauen Montag im Vollrauschausschlafzimmer der Familie K. Alarmstufe I geherrscht. Der Erich drückte es in der Verhandlung jetzt so aus: »Ich bin rausdaumeld ausn Bett, hob mi aweng frisch machen wolln und wenigstens mein Dschogginganzuuch oozäing. Und nou brüllt mei Frau, dass scho Dreivärddlachder is und däi boor

Kilometer konn i middn Schlafanzuuch aa foohrn.« Also hat sich der Erich mit dem Schlafanzug hinters Steuer gesetzt. Allerdings nicht mit dem gesamten Schlafanzug. Er war nur in das in den fränkischen Freiheitsfarben rotweiß gestreifte, verhältnismäßig kurze Pyjamajäckchen gehüllt, und unten rum fränkisch noch viel freiheitlicher, nämlich nix.

»Mir is aff aamol zwischer die Baaner ziemlich kalt worn, und nou hobbis gmerkt, dass i nachts scheints halmi nackerd gschloufn hob. Und suu binni in die Garaasch und ins Auto eigschdieng. Ich hob erschd widder umdreher wolln und hammfoohrn, obber meiner Frau hodds ja suu arch bressierd. Und außerdem, hodds gsachd, sichd mer des ja nedd vo außn, dass i ka Huusn oohob.«

Bis zum Arbeitsplatz ist die Unzuchtsfahrt gut gegangen. Aber während der Heimfahrt muss der Erich kurz einmal eingenickt sein. Und da ist es dann passiert: Auffahrunfall an einer Ampel auf das Auto der Zeugin Vera L. Trotz mehrfacher Aufforderungen seitens der sehr aufgebrachten Vera auszusteigen und den Schaden an ihrem Auto zu betrachten, ist der Erich hartnäckig hinterm Steuer sitzen geblieben. Er könne beim besten Willen nicht aussteigen, habe er mehrmals gewinselt.

»Nocherdla«, äußerte sich Frau Vera L., »hobbi den sei Autotür aufgrissn. Nou is er rückwärts rausgrabbld, und nou hobbi gmaand, ich siech nedd richdich – reckt der mir sein nackerten Oorsch hii!! Ich wär ball ohnmächdich worn!« Der Kurzauftritt mit entblößtem Hintern ist aber noch nicht der Höhepunkt gewesen. Wie die Vera den wieder ins Auto geflüchteten Erich durchs offene Seitenfenster angeschrien hat, dass er eine verkommene Drecksau ist und sich unverzüglich was anziehen soll, hat er im Handschuhfach gewühlt, aufgeregte Bewegungen vollführt und ist dann wieder im Freien erschienen: Unter seinem rot-weiß gestreiften Schlafanzugjäckchen dieses Mal mit einer grellgelb strahlenden Warnweste bekleidet. Und zwar dergestalt, dass er in die Ärmellöcher der Weste mit den Beinen hineingeschlüpft ist, dabei aber in der Aufregung vorn und hinten verwechselt hat, sodass die jetzt als eine Art Spielhöschen dienende Weste weit auseinanderklaffend dem Erich seine vordere Blöße deutlich sichtbar dargeboten hat. Sie, die Vera, habe im Lauf ihres Lebens schon viel gesehen, aber noch niemals früh kurz nach acht auf einer Straßenkreuzung eine wandelnde signalfarbene Warnhose mit integriertem Nothammer.

Kurz nach der interessanten Vorführung der neuen Strandmode ist die Polizei gekommen und hat den Erich erst in eine Decke gehüllt und dann zur Blutprobe gefahren. Die Nudistennummer in Strafeinheit mit der Bläue am blauen Montag hat 14 Monate Führerscheinentzug gemacht und 1.800 Euro Geldstrafe. »Derbei is doch Pflicht«, bfobferte der Erich nach, »dass mer ba einen Unfall eine Warnweste oozäichd. Ob oomer odder untn – dou schdäihd meines Wissens im Gsetz nix drinner.«

Ein Wildschwein auf Rädern

Wie im richtigen Leben unterscheidet man auch unter den Radlern zwischen verschiedenen Klassen: Hochadel, Mittelschicht, Prekariat. Während der Angehörige des Radfahrer-Prekariats hinter hochgezogenem Gesundheitslenker auf einem zentnerschweren Ungetüm durch die Vorstadt schwitzt, schwebt die Oberklasse der Pedaleure auf federleichten, filigranen, nicht selten goldbuchstabenbedruckten Konstruktionen dahin. Zu den stolzen Exklusiv-Inhabern eines vielleicht 6.200 Gramm ultralighten Carbonfliegers mit Shimano Dura Ace, Aero Covers, Vollkeramik-Steuersatz zu 10.000 Euro pro handgefertigtem und mundgeblasenem Exemplar gehört der Autoverkäufer Werner R.

Von ultralight kann bei ihm selber allerdings keine Rede sein. Zu den 6.200 Gramm seines Edelrädleins befindet er sich mit etwa 120.000 Gramm Lebendgewicht in auffälligem Kontrast. Sein Rahmen besteht nicht aus Carbon, sondern aus den Stoffwechselresten von Bier, Schnitzel und Schweinebraten. Die Diskrepanz zwischen ultralightem Rad und ultraschwabbelndem Radler tritt am beeindruckendsten zutage, wenn sich der Werner am Samstagnachmittag in der einem mittelfränkischen Presssack nachempfundenen Radlerhose auf seine Maschine mehr oder weniger schwingt. Um dieses stromlinienförmige Beinkleid an einem nicht ganz stromlinienförmigen Körper ist es jetzt in der Verhandlung am Amtsgericht gegangen: Aufruhr, Beleidigung, grobe Schamverletzung.

Der Vertreter des Fahrrad-Höchstadels ist an einem Frühsommer-Samstag im Gasthaus des nicht weniger edlen Gastronomen Karlheinz F. erschienen. Mit seinem Fahrrad in der Hand hat er an einem Tisch mit den Worten »A Radlermaß, wenn's gäihd, haid nu!« Platz genommen. »Und fiir Ihr Fahrrad«, hat ihn die Bedienung gefragt, »vielleichd a Kännla Olivenöl, kaltgepresst?« Darauf hat der Werner der Bedienung erklärt, dass es sich bei seinem Begleiter um den Ferrari der Fahrräder handle und dass er nicht im Traum daran denke, es vor dem Haus abzustellen. Der sogleich herbeieilende Chef des Hauses ist da anderer Meinung gewesen: »Sie schdelln nedd blouß Ihr gschissns Rennrädla vuurn Haus ab, sondern sich selber aa, dass des gloor is!« Er befinde sich hier nicht im Vereinsheim von einem Radlerclub, sondern in einem auf Etikette sehr bedachtem Restaurant.

Im Anschluss daran hat sich noch eine Diskussion über das Outfit vom Werner ergeben, welche darin gegipfelt hat, dass in Radlerhosen eingezwängte Fettsäcke eine Beleidigung für jedes normal empfindende Auge seien. »Grambfaderngschwarddl, verschwidzds!«, soll der Wirt Karlheinz F. noch gebrüllt haben, »du g'herrsd aff a Schlachtbladdn! Mid dera Huusn hosd du dou herinner nix verluurn!« – »Ja, wenn's an der Huusn lichd«, soll der Werner daraufhin geflötet haben, »ibberhabbs ka Broblem.« Hat sodann erst in aller Ruhe seine Fahrradschuhe abgestreift und anschließend die Hose ausgezogen. »Und wenn S' maaner«, entrüstete sich jetzt der Wirt, »wenn S' maaner, der Moo hodd under seiner Worschdhuusn a Underhuusn oog'habd, nou homser si daischd, Herr Richter! Vuur mir und meiner Bedienung is der aff amol schbliddernackerd dougschdandn. Und mid sein verschwidzdn nackerdn Oorsch hodder si nou aa nu aff mei Polstergarnitur draff g'hockd. Däi hobbi am Mondooch glei in die Reinichung bringer mäin.« Seine Bedienung, die offenbar noch nie einen nackten Mann mit einem

10.000-Euro-Rennrad in der Hand gesehen hat, sei fast ohnmächtig geworden, ein gerade eintretendes älteres Ehepaar habe angesichts des entblößten Nobel-Radlers die Flucht ergriffen. Und als Höhepunkt habe sich das erste radfahrende Wildschwein in seinem Leben auch noch vorgebückt, ihm den nackten Hintern gezeigt und mit den Worten »Dassd wassd, dass aff dei Werzhaus gschissn is!« einen Gewaltigen fahren lassen.

Die Entblößung und die etwas andere Art von Fahrtwind räumte der Angeklagte ohne weiteres ein: »Der Schieß is mer aus Verseeng auskummer. Und die Huusn hobbi ja blouß desweeng auszuung, wall der Wirt hodds ja selber zu mir gsachd – dass mer mid suu anner Huusn in sein Werzhaus nix verluurn hodd. Nou hobbis hald roo, die Huusn.« – »Und vo einer Schamverletzung konn ka Red sei«, fügte er noch hinzu, »wall des seeng S' ja selber, Herr Richter, dassi aweng an Bauch hob. Der deckt mei bissla Schamverletzung vull ab.« Den Ausführungen schloss sich das hohe Gericht nicht ganz an und verurteilte den Werner zu einer Geldstrafe von 800 Euro.

Ehegattensplittern

Das Ehegattensplittingbesteuerungsgesetz ist nicht nur ein sehr schönes Wort, sondern auch eine höchst interessante Sache, welche man sich von jedem Finanzbeamten der mittleren Dienstlaufbahn erklären lassen kann, ohne dass man sie versteht, weil sie sich ja ungefähr alle drei Monate ändert.

Die einfachere, von jedermann sofort begreifliche Variante eines Ehegattensplitting hat jetzt die fünf Jahre lang mit Herrn Manfred F. verehelichte Frau Hannelore F. gewählt. Diese Form des Ehegattensplitting wird nicht vom Finanzamt durchgeführt, sondern von einer Motorsäge. Die Ehe der beiden war bereits dahingehend gesplittet, dass die Hannelore aus der einst gemeinsamen Wohnung ausgezogen, der Manfred aber in ihr verblieben ist. Als Abfindung für das Mobiliar, insbesondere einer Schrankwand Eiche massiv, eines Esstischs, eines antiken Teppichs und eines gemeinsam handverlegten Laminatbodens in der Küche, waren 3.500 Euro Abfindung vereinbart.

»Ein Värddljahr lang«, schilderte die Hannelore vor Gericht jetzt ihre nicht ganz unendliche Geduld, »hobbi alle drei Dooch mein Ex-Mann oogruufn, wou edzer es Geld bleibt. Und jeeds Mal hobbi zur Antwort gräichd, dass er des aa wissen mecherd, wou es Geld dauernd bleibt.« Nie verweile ein Geld bei ihm länger als ein paar Tage. Immer wenn er es seiner Ex-Frau zukommen lassen wolle, sei es schon spurlos verschwunden. »Und nou«, sagte die Hannelore, »nou hobbi zu ihn gsachd, dass mer dann halt andere Seitn aafzäing.«

Rein ehegattensplittingsrechtlich haben der Hannelore von der Schrankwand, dem Esstisch, dem Teppich und dem Laminatboden jeweils die Hälfte gehört. Also ist sie zusammen mit ihrem neuen, in jeder Hinsicht wesentlich funktionstüchtigeren Freund, einem Herrn Roland S., zur Gütertrennung geschritten. An einem Wochentag, an dem der Manfred einer mehr oder weniger geregelten Arbeit nachgeht, hat die Hannelore die Wohnung mit dem ihr noch verbliebenen Schlüssel geöffnet. »Ich hobs genau ausgmessn – vo der Schrankwand hodd der Roland zwaa Meter wechgsäächd, vom Tisch einen Meter zwanzich, vom Debbich hodder sechs Quadratmeter wechgschniidn.« Und auch von dem Laminatboden habe sie millimetergenau die Hälfte rausgerissn. Was man denn, wollte der Richter wissen, mit einer halben Schrankwand, einem halben Esstisch, einem halben Teppich und ein paar Trümmern Laminatriemen mache? »Des konn i Ihner scho soong«, antwortete die Hannelore, »des ganze Glumb lädt mer aff sein Anhänger draff, und nocherd fährt mers affn Schuttplatz.« Und was der Ex-Ehemann mit seinen halbierten Möbeln daheim anfangen solle? »Ka Broblem. Ich hob nern an Zeddl hiigleechd mid der Adress vom Schuttplatz.«

Eine solche Möbelzusammenführung sieht das Ehegattensplittinggesetz auch nach seiner 25. Novellierung nicht vor. Vielmehr hat das Schrankwand-, Esstisch-, Teppich- und Laminatbodensplitting den Tatbestand des Hausfriedensbruch und der Sachbeschädigung erfüllt. Die gewaltsame Gütertrennerin Hannelore F. wurde zu einer Geldstrafe von 2.400 Euro, ihr Abwrackhelfer Roland S. zu 2.000 Euro verurteilt. Zusätzlich müssen sie in finanzieller oder sachdienlicher Form die halbierten Möbel vom Manfred wieder vervollständigen.

Nach dem Urteil kam anlässlich eines kleinen Zwiegesprächs zwischen der Hannelore und ihrem Ex-Ehemann beiläufig auch noch der Grund für die Scheidung ein bisschen ans Tageslicht. Weil nämlich der Manfred leichtsinnigerweise erwähnte, er habe bei so viel Gewalttätigkeit seiner Frau Möbeln gegenüber wahrscheinlich ein Sauglück gehabt. »Wall wenn ich zufällich dahamm gween wär, dou hädds mer ohne weiteres bassiern kenner, dass mich mei Frau aa in zwaa Hälfdn zersäächd hädd.« – »Asuu a bläids Gwaaf«, entrüstete sich die Hannelore, »erschdns häddi nou dich Depp zwaamol g'habd, und zweitens – wos häddin mid däi zwaa Hälfdn oofanger solln. Die obere Hälfd schaut beschissn aus, und die untere Hälfd konnsd suwiesuu vergessn.«

Im Dunkel der Hose

Wohl gibt es das Wort Darmträgheit, von welchem bei allen medizinischen Wirtshausgesprächen häufig die Rede ist, doch das Gegenteil, den Darmfleiß, finden wir weder im Verlauf geistig hochstehender Unterhaltungen noch im Duden. Dabei spielt der Darmfleiß gerade in Nürnberg eine zentrale Rolle. Man denke nur an die Stadtwurst mit Musik, an die in Zwiebelsud eingelegten Blauen Zipfel, an das zu Bratwürsten gereichte Sauerkraut, an den ebenfalls gern genommenen Bohnensalat. Oder man rufe sich in Erinnerung, dass hierorts der Darmfleiß bereits zu kabarettistischen Ehren gelangt ist – seitens des von uns hochverehrten Matthias Egersdörfer –, dass die Stadt sowohl einen ehemaligen Kunstfurzer innerhalb ihrer Mauern beherbergt als auch den Herrn Ludwig D., genannt Louis Darmstrong, welcher von seinem Hintern aus mittels eines enormen Darmfleißes im Schließmuskel einmal Papierschwalben abfliegen hat lassen. Warum der bei uns liebevoll Schieß genannte Darmfleiß offenbar ein ruchvolles Tabuthema ist, bleibt ins Dunkel der Hose gehüllt.

Aber obacht, empfindsame Leser, erneut muss von einem würdigen Vertreter des Nürnberger Darmfleißes berichtet werden, von Herrn Alfred K., der sogenannte Schieße nicht nur mit der Arschtrompete virtuos erzeugen kann, sondern sogar mit dem Mund. Zumindest hat er jetzt vor dem Amtsgericht geltend gemacht, es habe sich bei seinem Magenabgasangriff auf eine Frau Leonore G. lediglich um eine Flatulenz-Imitation gehandelt. Tatort Kaufhaus, und dort die an diesem Tag stark frequentierte Kasse für Sale-Artikel aller Art. »Ich steh dorddn an der Kassa mit meine drei langer Underhuusn in der Händ«, erklärte der Alfred dem Richter, »schäi in der Reihe, wäi si's g'herrd. Und aff aamol, schwubb, drängd si däi Frau vuur mir nei. Hobbi mi nerdirli widder vuur sie hiigschdelld. Und nou fängd däi hinder mir es Bfobfern oo. ›Wos issn edzer los?!‹, hodds gschriea. Hobbi zrigg gschriea, dass des edzer glei heern wird, wos los is.« Und dann habe Herr Alfred K. den bereits erwähnten Schieß vom Stapel donnern lassen.

»Obber ich schwöörs Ihner, Herr Richter, nerblouß middn Mund. Wall, ich konn des nämlich naturgetreu nachmachn. Hobbi ba uns am Stammtisch scho gmachd, dass meine Freind immer nu maaner, des is echt. Vom leichdn Gwaggerer bis zon Atomschieß beherrsch i bragdisch alles.«

Im Konfliktfall mit Frau Leonore G. muss es ein Atomschieß gewesen sein. »Middn Mund will der des gmachd hoom«, entrüstete sich die Kronzeugin Leonore G., »dassi fei nedd schrill lach! Suu wäi des dunnerd hodd – des woor original aus der Huusn. Und gschdunkn hodds ja aa. Wäi ausern Odelfass. An suu an Mundgeruch gibt's doch aff der ganzen Welt nedd!« – »Ner ja«, fuhr die Leonore fort, »Und nou hobbi zu ihn gsachd, dass er eine gottserbärmliche Wildsau is. Und in den Moment zäichder scho aaf und haud mer sein Reengschirm iibern Kubf. Und dann wass i nix mehr, wall i ohnmächdich worn bin.«

»Ich hob goor kann Reengschirm derbeig'habd«, widersprach der Alfred. »Wenn ibberhabbs, nou hobbi häigsdns mid meine drei langer Underhuusn aweng rumgwedelt. Und dou wird mer nedd ohnmächdich dervoo, däi woorn ja nu neu. Und vonnern Schieß, der wou in echt goor kanner is, erschd rechd nedd.« Im Übrigen bleibe er dabei: Sein Arschgewitter sei echte Nürnberger Mundarbeit gewesen, und bei dem von Frau G.

wahrgenommenen Geruch könne es sich nur um einen Phantomgestank gehandelt haben. Dass er sich gegen die Vorwürfe, namentlich gegen die Titulierung »gottserbärmliche Wildsau«, gewehrt habe, ganz gleich jetzt, ob mit drei langen Unterhosen oder mit einem Regenschirm, sei sein gutes Recht.

Wieder mit einem anderen guten Recht wurde der angebliche Atomschieß-Imitator wegen Körperverletzung und Beleidigung zu einer Geldstrafe von knapp 1.200 Euro verurteilt. Die Beleidigung rührt daher, dass das hohe Schießgericht das Posaunieren vom Alfred nicht als Mundwerk, sondern als echtes Naturereignis, eben als Darmfleiß, eingestuft hatte. Von diesem gab Herr Alfred K. nach der Verhandlung, draußen auf dem Gang, nur Zentimeter von Frau Leonore G., noch einmal eine eindrucksvolle Hör- und Kostprobe. Begleitet von den Worten: »Der woor edzer echt. Die Laufzeit vo Atomschieß is nemli extra weecher mir von der Regierung verlängert worn.«

Fahrradkettenreaktion

Wie jeder dahergelaufene Atomphysiker weiß, ist eine nukleare Kettenreaktion eine hochkomplizierte, für die Menschheit nicht besonders erfreuliche Abfolge von Reaktionen, an deren Ende es ultimativ scheppert. Die Klärung einer Schuldfrage bei atomaren Kettenreaktionen erübrigt sich im Diesseits meistens, da sich die Beteiligten ja erst im Jenseits wiedersehen. Insofern ist die zwar auch leicht unübersichtlich, aber nicht ganz so radikal verlaufende Fahrradkettenreaktion zwischen dem Hausbesitzer Horst B. und dem Fahrradinhaber Udo L. eher ein Glücksfall gewesen, mit nur einem einzigen Schuldigen, nämlich Herrn Horst B.

Allerdings hat der Hausbesitzer jegliche Verantwortung für die ungefähr fünffache Kettenreaktion vor dem Amtsgericht weit von sich gewiesen. Die alleinige Schuld, war er fest überzeugt, trage der Radler Udo L.

Zwischen den beiden Hauptdarstellern ist es damals, wie der Udo nach einem Defekt an der Kette sein Fahrrad an die Hauswand gelehnt hatte, am Gehsteig zu folgendem kettenartigen Dialog gekommen. Der Hausbesitzer Horst B.: »Kenner Sie nedd lesen?! Des Schild da direkt vor Ihrer Nasen, ›Das Anlehnen von Fahrrädern an die Hauswand ist verboten‹. Also denner S' serfordd Ihrn Schleifer wech vo meiner Hauswänd!«

Der Radler Udo L.: »Is des gwiss Ihr Hauswänd?«

Der Horst: »Froong S' nedd suu bläid! Des is nedd nerblouß mei Hauswänd. Des ganze Haus g'herrd mir.«

Der Udo: »Wenn des Ihr Haus is, nou wissen S' efendwell aa, wos des für ein Gwicht hodd, des Haus.« Der Horst: »Wos soll nern edzer des Gwaaf ›Wos mei Haus für a Gwicht hodd‹. Denner S' edzer endlich Ihr Fahrrad wech vo der Hauswänd!«

Der Udo: »Ich hob desweeng nachn Gwicht vo Ihrn Haus gfrouchd, wall ich nimm an, Sie hom des Schild ›Das Anlehnen von Fahrrädern an die Hauswand ist verboten‹ bloß desweeng hiigschraubt, wall S' Angst hom, dass wemmer a Fahrrad an Ihr scheiß Hauswänd anlehnt, dass nou es ganze Haus umfälld.«

Diese rein wissenschaftliche Frage hat dann die Kettenreaktion ausgelöst. »Der Moo«, erinnerte sich der Udo vor Gericht, »der Moo hodd erschd brülld, dass ich ein Drümmer Oorschluuch bin, nou hodder mein Rad an Schubserer geb'n, dass ganz allaans, ohne mich, dervoo gfoohrn is.« – »Ungefähr zehn Meter weit«, fuhr er fort, »is mei Räädla grollerd – aff die Schdrass. Und dou is nocherdla aweng unübersichtlich worn.«

Unübersichtlich insofern, als ein von links kommender Autofahrer dem Geisterfahrrad ausgewichen und auf die andere Fahrbahnseite geschleudert ist, wo dann ein weiterer Autofahrer dem ersten Autofahrer ebenfalls ausweichen wollte und dadurch einen Mopedfahrer übersehen hat, welcher vor Schreck auf den Gehsteig gerumpelt und dort einem Fußgänger zwischen die Beine gefahren ist. Trotz der verhältnismäßig weichen Abbremsung zwischen den Beinen des Fußgängers ist der Mopedfahrer aber an der gegenüberliegenden Hauswand gelandet. Er hat aber von großem Glück sprechen können, denn an dieser Hauswand hat sich Gott sei Dank kein Schild befunden mit der Aufschrift »Das Anlehnen von Mopeds an die Hauswand ist verboten«. Durch eine einfache Additionsrechnung seitens des Gerichts hat sich also ergeben, dass durch die von Horst B. durchgeführte Aufrechterhaltung des Fahrradanlehnverbots an seiner Hauswand insgesamt fünf leichte Auffahrunfälle passiert sind mit Blechschäden an einem Fahrrad, an zwei

Kraftfahrzeugen und an einem Moped. Die zwei Beine des Fußgängers, zwischen denen der Mopedfahrer abgebremst hat, sind einigermaßen glimpflich davongekommen, nur die Hose war von oben bis unten aufgeschlitzt.

»Ich«, blieb der Hauswandverteidiger Horst B. dabei, »ich konn dou ibberhabbs nix derfiir. Wenn si anner nedd an meine Anordnungen häld, dass es Anlehnen vo Fahrräder an die Hauswänd verboten is, nou is ganz allaans der droo schuld, der wo Fahrräder an mein Hauswänd anlehnt. In den seiner Haut mecherd ich nedd schdeckn.« – »Und ich«, setzte der Udo den damaligen Hauswandanlehn-Dialog gewissermaßen fort, »ich kann in Ihrer Haut goornedd schdeckn – wall dou is vuur lauter Doofheit goor ka Bladz mehr.« Die Bemerkung kostete dem Udo eine Ordnungsstrafe in Höhe von 300 Euro. Das Recht aber war auf seiner Seite: Wegen gefährlichen Eingriffs in den Straßenverkehr wurde der Hauswandbeschützer Horst B. zu einer Geldstrafe von 3.500 Euro verurteilt, die Schadensersatzforderungen für die Demolierungen eines Fahrrads, eines Mopeds, zweier Autos, einer Fußgängerhose noch gar nicht eingerechnet. »An Ihrer Stell«, riet der Udo dem Horst abschließend noch, »an Ihrer Stell dääd ich des Schild ›Das Anlehnen von Fahrrädern an die Hauswand ist verboten‹ haid nu wechschraub'n.«

Kunst an der Hauswand

Eine ursprünglich gut gemeinte Hilfe verkehrt sich nicht selten in ihr Gegenteil, sodass von einer Hilfe überhaupt keine Rede mehr sein kann. Sei es, dass man eine alte Frau über die Straße führt, die gar nicht über die Straße will; sei es, man hilft jemandem aufs Fahrrad hinauf und schmeißt ihn dabei aus Versehen auf der anderen Seite wieder nunter; oder man greift bei handgreiflichen Streitigkeiten helfend ein und bezieht dann selber Handgreiflichkeiten. Alles gut gemeinte Hilfen, die schlecht ausgehen.

Auch der Wechselstromingenieur Markus B. kleidete seine stille Hilfe, mit der er dem Mietshausbesitzer Erwin L. vor zwei Monaten unter die Arme greifen hat wollen, jetzt vor Gericht in das schon sprichwörtliche Manifest: »Ich hobs doch blouß goud gmaand, Herr Richter!« Ähnlich gut vermutlich wie der dreijährige Sohn vom Markus. Dieser in den bildenden Künsten schon sehr vorangeschrittene Sohn hat im Sommer, während der Kindergartenferien, mehrere Wochen lang seine Freizeit dahingehend genutzt, dass er das Haus von Herrn Erwin L. mit zahlreichen Ornamentierungen verschönert hat. Teils hat der kleine Nicolas feuchte, schwarze Erde, früher Lebberi genannt, zu ansehnlichen Klößen geformt und an die Hauswand gepappt. Teils hat er mit verschiedenen Fingerfarben ungefähr dreißig Mal den Abdruck seiner hochbegabten Kinderhand hinterlassen.

Die Skulpturen und die Fingerfarbspiele sind extrem verschieden gedeutet worden. Der Nicolas hat nach ihrer Fertigstellung gejubelt: »Edz hammer aber ein ssönes Haus!« Während der Hausbesitzer beim Inspizieren der ursprünglich weißen Wand gebrüllt hat: »Wenn i den

Hundsgribbl derwisch, nou hau in gscheid aff die Waffl naaf!«

Daraufhin hat Herr Markus B. den Vermieter dringend um die Mäßigung seiner Wortwahl gebeten. Sein Sohn sei kein Hundsgribbl, sondern ein Kind. Und wenn er noch einmal so saublöd daherrede, könnte es tatsächlich scheppern, und zwar auf der Waffl vom Erwin.

»Und zwaa Dooch schbeeder«, sagte der Vater vom Nicolas, »da is nocherd ein Brief vom Rechtsanwalt kummer.« In ihm ist drin gestanden, dass das Entfernen der Lebberi-Gniedla und der verschiedenfarbigen Handabdrücke am Haus 1.200 Euro kostet, sowie der Zusatz: »Bei weiteren Zuwiderhandlungen wird das Beschmieren der Hauswände strafrechtlich verfolgt.« – »Und den Satz«, fuhr der Markus fort, »den Satz, hodd der Moo a boor Dooch schbeeder zu mir gsachd, den soll i mer hinter die Ohrn schreib'n. Dann hob mer ich denkt – hinter die Ohrn schreib'n – des hat doch kann Sinn. Da sieht's doch ka Mensch, dass es Beschmieren von Wänden in Zukunft strafrechtlich verfolgt wird.« Man müsse diesen schönen Satz so platzieren, dass ihn die interessierte Öffentlichkeit auch wahrnehmen kann. Und wiederum einige Tage später hat der Hausbesitzer Erwin L. beim Inspektionsgang gedacht, er ist von einem jähen Augenleiden befallen. »Ich hob gmaand, mich driffd der Schlooch, Herr Richter! Is in zwei Meter Höhe die ganze Hauswänd vullgschmierd.« Und zwar ist in kalligrafisch sehr gelungenen, sehr schwungvollen schwarzen Großbuchstaben über dem Hauseingang gepinselt gestanden: »Obacht! Bei weiteren Zuwiderhandlungen wird das Beschmieren der Hauswände strafrechtlich verfolgt. Hochachtungsvoll, der Hauseigendümmer.« Ja, klar, räumte der Markus ein, es habe sich ein kleiner

Schreibfehler eingeschlichen. Statt Hauseigendümmer hätte es Hauseigentümer heißen müssen. »Obber ich hob den Hinweis in der Nacht hingschrieb'n. Da kommer scho amol die Buchstab'n aweng verwechsln.« Und ansonsten blieb der Markus dabei: »Ich hobs doch bloß goud gmannd. Wall des hodd edzer jeder groß und deutlich lesen kenner, dass es Beschmieren der Hauswände strafrechtlich verfolgt wird. Des schreckt doch jeden potenziellen Hauswandbeschmierer sofort ab. Wer will si scho strafrechtlich verfolgen lassn? Nu derzou vo einen Hauseigendümmer?«

Die gutgemeinte Schreibhilfe wertete das hohe Gericht aber nicht als Unterstützung des Hauseigendümmers im Kampf gegen Lebberi-Gniedla und Fingerfarben, sondern eher im Gegenteil. Markus B. wurde wegen Sachbeschädigung und Beleidigung zu einer Geldstrafe von 2.000 Euro verurteilt. »Und wenn i«, fragte der Markus zum Schluss, »wenn i es nächste Mal hinschreib ›Bereits das Hinschreiben von der Warnung, dass das Beschmieren der Hauswände strafrechtlich verfolgt wird, wird strafrechtlich verfolgt‹ …« Diese Frage beantwortete der Richter mit den Worten: »Die Sitzung is geschlossen.«

Der Ladenausbrecher

Ein Schaufenstereinbruch ist eine ziemlich herkömmliche Sache, er gehört zum kleinen Einmaleins von jedem Amtsrichter: Vorhaltung der kommissarischen Ermittlungen, Spurensicherungsergebnisse, Geständnis, sechs Monate mit Bewährung, und gegessen ist der Käs. Ganz selten und von herausragend forensischer Bedeutung als Präzedenzfall dürfte jedoch das Gegenteil eines Schaufenstereinbruchs sein: der Schaufensterausbruch. Ein solcher ist dem Nebenerwerbs-Börsenanalyst Michael K. in einer noch verhältnismäßig kühlen Frühlingsnacht widerfahren, aber er weiß beim besten Willen nicht mehr warum. Zumindest nichts Genaues.

»Ich vermute«, forschte er jetzt vor Gericht in seinem immer noch sehr verschwommenen Gedächtnis, »Ich vermute, des hängt da dermit zamm, dass bei den Gschäftsjubiläum nerbloß ein Fingerfood zum Essn geem hodd.«

Nicht jeder kennt ein Fingerfood. Es dreht sich dabei um was Amerikanisches zum Essen, von dem man in keiner Weise satt wird. Seinen Namen wird dieses Food möglicherweise daher haben, dass man, statt zu speisen, auch an einem seiner Finger lutschen könnte. Mit ähnlichem Ergebnis, nämlich einem Gefühl großer Leere im Magen.

Bei der von Herrn Michael K. erwähnten Fingerfood-Orgie hat es sich damals um das einjährige Jubiläum eines Designer-Lädchens gehandelt, zu welchem eine große Anzahl Angehöriger der örtlichen Gratis-Proseccoschlürfer-Kaste erschienen ist. »Broseggo«, das wusste Herr Michael K. ebenfalls noch, »hodds reichlich geem.« Und er muss ihn gemäß der später erfolgten amtsärztlichen Untersuchung auch reichlich genossen haben. Die Untersuchung hatte den bravourösen Wert von 3,1 Promille ergeben. Sie, die 3,1 Promille, sowie die unzureichende Nahrungsaufnahme durch das erwähnte Fingerfood haben dazu geführt, dass der tapfer trinkende Jubiläumspartygast etwa gegen 23 Uhr im Labyrinth des Designerladens umgefallen und sodann eingeschlafen ist. Das Licht der Designerwelt hat er wieder erblickt, wie der Morgen gegraut hat. Aber Herr Michael K. hat nicht mehr gewusst, wo er sich befindet: um ihn herum seltsam geformte Sachen, in ihm schweres Kopfweh und Übelkeit, vor ihm ein großes Fenster und eine Tür.

»Ganz langsam«, gab er jetzt zu Protokoll, »hodds mir nocherdla dämmert – dass ein Jubiläum gwesn is und dassi efendwell a Gläsla Broseggo z'vill derwischd hob und dassi ohnmächdich worn bin.« – »Und dann«, fuhr er fort, »dann hodds mich wie ein Blitz durchzuckt! Die Doldi! Wie die in Laden zougschberrd hom, dou homs dich vergessn! Einsam und verlassn und dodaal bsuffn weecher den scheiß Fingerfood, lassn däi mich in ihrn bläidn Designer-Laden einfach lieng!!«

Kurz versunken in einen schweren Selbstmitleidanfall hat der Michael dann nach einer kleinen Pause noch den Rest seiner Tragödie erzählt. Erst habe er probiert, das Schaufenster mit einem Designerliegestuhl einzuschlagen, danach mit einer Designerstehlampe und außerdem noch mit einem Designerkerzenhalter. Alles vergeblich. Erst der Schaufensterausbruchsversuch mit einer Vollmarmor-Designergartenkugel von der Größe eines Fußballs sei dann erfolgreich gewesen. Ganz vorsichtig ist er durch das Loch im Schaufenster endlich ins Freie an die frische Luft gekrabbelt, und zum Schutz vor Glassplittern hat er sich einen Designerpapierkorb über den Kopf gestülpt. Durch die jähe Zufuhr frischer Morgenluft hat den Michael in der Freiheit jedoch erneut die Müdigkeit übermannt. Er hat sich kurz hingesetzt und ist vor dem Designerladenschaufenster sofort eingeschlafen, immer noch mit dem Designerpapierkorb am Kopf. Dort hat ihn dann die Polizei in Gewahrsam genommen, zunächst mit Verdacht auf Schaufenstereinbruch und Vermummung mit Hilfe eines Papierkorbs.

Die Schaufensterscherben haben aber eindeutig nicht auf Ein-, sondern auf Ausbruch hingewiesen, einige damals leidlich nüchtern gebliebene Zeugen bestätigten, dass Herr Michael K. an jenem Abend schon frühzeitig mit einem Zipfelrausch behaftet gewesen ist. Unter der Voraussetzung, dass er die Schäden am Schaufenster und an verschiedenen Designermissbrauchsgegenständen wiedergutmacht, sprach das Gericht den Ladenausbrecher frei. Einer der Zeugen gratulierte dem Michael nach der Verhandlung noch zu dem sehr guten Einfall mit der außergewöhnlichen Kopfbedeckung damals: »Mid den Babierkorb am Kubf, dou hodd dich wenigsdns ka Mensch erkannd, wäisd fräih ummer Siemer bsuffn vuur den Gschäfd g'hockd bisd.«

Der Rentner mit dem Bienenstich

Eher selten stehen Wesen als Zeugen vor Gericht wie zum Beispiel eine Auster, ein Regenwurm oder gar ein Pfauenauge. Jetzt sind diese und andere poetische Erscheinungen aus Feld, Wald und Flur im Mittelpunkt eines denkwürdigen Strafprozesses gestanden. Allerdings nicht persönlich, sondern in Gestalt des manisch-obsessiven Liebesbriefschreibers Frank F., eines bereits 64-jährigen Rentners, der im letzten Drittel seines Lebens noch einmal in den Strudel einer schwerwiegenden erotischen Leidenschaft gerissen worden ist.

Das ziemlich ferne Ziel seiner Begierde, Frau Anna H., hat Anfang dieses Jahres eine parfümierte, farblich zartrötliche, textmäßig nahezu unfassbare Post erhalten. Unter anderem hat es in diesem Schreiben geheißen: »Lass mich die Auster in Deinem geliebten Mündlein sein!« Bei der schlüpfrigen Auster hat es der mit F. F. unterzeichnende Absender aber keineswegs belassen. Bereits einen Tag später hat sich ein weiterer dringender Wunschzettel im Briefkasten der Anna befunden, in welchem der zunächst noch anonyme Liebesbriefschreiber von einem Blütenkelchlein halluziniert hat: »Lass mich in Deinem Blütenkelchlein ein hin und her gaukelndes Pfauenauge sein!« Am dritten Tag hat der Hang des sich verzehrenden F. F. zu Flora, Fauna und Anna im Rahmen einer bedenklichen Symbolik in einen Regenwurm gemündet: »Du bist die Erde, und ich will dann Dein Regenwurm sein.«

Und mit diesem nach Maiglöckchenparfüm duftenden Regenwurmbrief in der Hand hat Frau Anna H. schließlich ihren Ehemann, Herrn Wolf H., konsultiert. »Dou hob ich nou zu meiner Frau gsachd«, äußerte sich der

Wolf vor Gericht, »dass sie sich weecher den saubläidn Oorschgschmarri kanne Gedankn machen braucht. Sie soll nern in Babierkorb schmeißn. Obber am nächstn Dooch is scho widder a Brief kummer. Dou is drinner gschdandn, dass mei Frau eine sich im Morgentau öffnende Rose is und er, der alte Gaaferer, eine Biene, wo Nektar in ihr schlürft. Und nou hobbi mer denkt, edzer mäi mer wos machn. Bevuurs zum Bienenstich kummd.« Und im Rahmen umfangreicher Ermittlungen ist Herr Wolf H. dahintergekommen, dass es sich bei der Biene im Morgentau, bei der Auster, dem Regenwurm oder dem Pfauenauge nur um den schräg gegenüber wohnenden Rentner Frank F. handeln kann. »Und wäi nocherdla numol a Brief kummer is, wou er gschriem hodd, dasser ein Wellnsiddich sei mecherd, wenn mei Frau a Vuuglkäfich wär, nou binni obber haaß worn! Binni niiber zu ihn mit alle Briefe in der Händ, hob glaid, und wäi sei Frau aufgmacht hodd, hobbi gfrouchd, ob ich amol ihrn Wellnsiddich schbrechn konn.«

Die Ehefrau von Herrn Frank F. hat zunächst nicht so recht durchgeblickt, aber dann ist der Wellensittich persönlich erschienen. »Ner ja«, erinnerte sich der angeklagte Wolf H., »erschd hodder gsachd, dasser nix wass vonnern Wellnsiddich und vonnern Reengwurm. Und nou hobbin die Briefe hiigschmissn vuur die Fäiß und hob nern anne am Backn naafg'haud.« – »Und dann?«, fragte der Richter. »Ja dann, dann hobbin fiir jedes Viech, wou in seine Briefe drinner gschdandn is, hobbin numol anne naafg'haud. Anne fiir die Auster, anne fiir die Biene im Morgentau und anne fiirs hin und her gaukelnde Pfauenauge.« Bei der letzten Schelln hat der Postillion d'Amour dann eingeräumt, dass er zwar der Briefschreiber ist, aber keineswegs der Erfinder der

»Auster in Deinem geliebten Mündlein«, des Wellensittichs im Vogelkäfig, des Regenwurms in der Erde, der nektarschlürfenden Biene. »Des hob ich doch alles aus an Bichla für Liebesbriefe abgschriem. Wenn, dann hädd der Moo den Verfasser vo den Bichla fodzn mäin, obber doch nedd miich!«

Fotzn, beziehungsweise Schelln für extrem formulierte Liebesbriefe sind aber nicht erlaubt, weder für den ursprünglichen Verfasser noch für ihren Abschreiber. Im Namen der Rose, der nektarschlürfenden Biene und des Volkes wurde Herr Wolf H., der Rächer schwülstiger Unterleibsliteratur, zu vier Monaten auf Bewährung und einer Geldbuße von 2.200 Euro verurteilt. »Des is mir worschd«, murmelte der Angeklagte zum Rentner Frank F. hinüber, »wenn numol a Brief kummd, nocherdla mechde ich, dass du a Schlafzimmerwand bist und ich dein Schlagbohrhämmerlein.«

Zivilcourage

Mit der Zivilcourage ist es oft eine schwierige Sache. Jeder hat sie, vor allem mit dem Mund, bei ihrer Durchführung hält man sich aber gern zurück, da sie meistens mit Unannehmlichkeiten verbunden ist. Der Schichtarbeiter Harald B. hat seinen persönlichen Mutausbruch im Dienst der Allgemeinheit mit dem vorübergehenden Verlust seines Autos bezahlt. Vor Gericht schilderte der Zeuge jetzt, wie er damals in der Nacht von Freitag auf Samstag von der Schicht heimgefahren ist und vor ihm jemand seinen Wagen in wild mäandernden Schlangenlinien gesteuert hat – teils auf der Fahrbahn, teils am Gehsteig, haarscharf an einem Hydranten vorbei, ein Verkehrsschild rasierend, eine große Mülltonne rammend und zügig vor sich her schiebend. »Nou is er«, erinnerte sich der Harald, »aff aamol middn aff der Schdrass steh bliem. Hobbi serfordd g'haldn, bin ausgschdieng, hiigrennd und hob nern aus sein Auto rauszuung.« Zwischen dem mit einem kanonenmäßigen Lallinger behafteten Frührentner Sebastian R. und dem zivilcouragierten Eingreifer Harald B. hat sich dann gemäß den polizeilichen Ermittlungen in etwa folgendes Zwiegespräch ergeben. »Sie kenner doch«, hat der Harald geschrien, »Sie kenner doch nimmer Auto foohrn!!« Der sich am Außenspiegel seines Wagens abstützende Sebastian: »Bisd du bsuffn odder wos! Ich foohr doch goornedd!« Der Harald: »Edzer geem S' mer amol Ihrn Autoschlüssl. In den Zustand kenner S' doch nedd weiterfoohrn.« Der Sebastian: »Leggsd mi am Oorsch, hob der iich an drinner.« Der Harald: »Also sin S' hald vernünfdich. Geem S' mer Ihrn Autoschlüssl!« Der Sebastian: »An solchn Zibfl Rausch hobbi scho lang nimmer g'habd. Dou leggsd du miich am Oorsch, leggsd du miich!! Einen Gwalm hob der iich!« Der Harald: »Edzer denner S' amol ganz tief aweng a frische Luft einatmen und nou geem S' mer Ihrn Autoschlüssl.« Der Sebastian: »Einen solchn Breller hobbi in mein ganzn Leem nunni g'habd. Fuchzeha Seidla, odder wos! Legg miich am Oorsch. An suu an Zinderer! Ich glaab, mir werds schlecht. Legg miich am Oorsch!« Ungefähr zehnmal hätte der Harald den Sebastian noch am Arsch lecken sollen. Und im Verlauf dieser Angebote muss der Sebastian für einen kurzen Moment zu sich gekommen sein. Denn wie es endlich zu ihm durchgedrungen ist, dass er sein Auto stehen lassen, den Schlüssel abgeben und zu Fuß heimgehen soll, da ist er plötzlich blitzschnell ein paar Meter mehr oder weniger gerannt, ins Auto hineingestolpert und mit pfeifenden Reifen davongebraust. »Hob ich nerdirli«, schilderte der Harald vor Gericht, »Hob ich serfordd die Verfolgung aufnehmer wolln – bis ich gmergd hob, dass der mit mein Auto dervoo gfoohrn is!« – »Des mäin S' Ihner amol vuurschdelln, Herr Richter«, fuhr er fort, »haut der mid mein Auto ab! Wall iich hob ja in Modor nu laafn loun. Und vo sein Auto woor der Zindschlissl abzuung. Und nou hobbi middn Händy die Bollizei ooruufn wolln, obber es Händy is in meiner Mandldaschn drinner gween, und der Mandl is in Auto gleeng, mid dem wou der Moo dervoogfoohrn is. Und wäi nou zufällich nachera Stund endlich eine Bollizeistreife vorbeikummer is, homs mer däi nedd glaubt, dass der Moo mid mein Auto forddgfoohrn is. Däi hom dann zeerschd oognummer, iich bin bsuffn. Hobbi fei ins Röhrla blousn mäin!« Die Schilderung vom Harald hat sich aber als wahr erwiesen, nur einen Kilometer ist das von einem Markierungspfosten gebremste und ziemlich demolierte Auto aufgefunden worden, kurz danach der Sebastian, der die Polizei mit den Worten begrüßt hat: »Dou werds obber Zeit, dass wer kummd und mich hammfährd! Legg miich am Oorsch, bin der iich bsuffn.« Wie er auf die Idee gekommen ist, wollte der Richter vom Sebastian wissen, dass er ausgerechnet mit dem Auto seines Helfers davongefahren ist. »Wass i nedd«, sagte er, »vielleichd woors der Schock.« Welcher Schock? »Ner ja, der Schock, dass mich ein vollkommen fremder Moo ausn Auto rauszuung hodd. Und dann aff aamol die frische Luft. Dou konnsd scho an Schock gräing.« Wegen Trunkenheit in Höhe von 2,2 Promille am eigenen und am Harald seinem Steuer, unbefugtem Entleihen eines Autos, Sachbeschädigung und Fahrerflucht wurde Sebastian R. zu zwei Jahren Führerscheinentzug, vier Monaten auf Bewährung und 1.800 Euro Geldstrafe verurteilt. Zum Thema Zivilcourage äußerte sich der Sebastian ähnlich profund wie in der Tatnacht: »Legg mi doch am Oorsch. Hädd si der Gaaferer nedd neigmischd. Wär ibberhabbs nix bassierd.«

10.000 Euro für Evelyn

Aus uralten mündlichen Überlieferungen, die damals von Staubsaugervertreter zu Staubsaugervertreter weitergereicht worden sind, hat sich bis heute noch das kurze, aber sehr schöne Gedicht erhalten: »Bielefeld macht Kilometergeld«. Mit vielen fantasievollen Ausschmückungen, bizarren Erfindungen, völlig aus der Luft gegriffenen Angaben hat man seinerzeit für eine angebliche Dienstfahrt nach Bielefeld oder in irgendein Weserbergland ohne Weiteres Spesen in Monatsgehaltshöhe geltend machen können. Heutzutage funktioniert es durch die Wachsamkeit der Behörden und durch die in Märchen aller Art gut geschulten Finanzbeamten nicht mehr.

Der wegen herber Vorwürfe angeklagte Buchhalter Stefan E. bildet jedoch eine Ausnahme, speziell im Fall Bielefeld. Er hat in einer Reisekostenabrechnung mit großem Seltenheitswert für eine einzige Fahrt von hier nach Bielefeld und zurück eine Endsumme von 10.350 Euro errechnet. 350 Euro Kilometergeld, Essenspauschale und Übernachtung, die restlichen 10.000 Euro sind unter der rästelhaften Rubrik aufgeführt worden »Benutzung von Frau Evelyn E.«.

»Ein Värddljahr lang«, erklärte Herr Stefan E. jetzt vor Gericht die befremdliche Kostenstelle, »ein Värddljahr lang hodd mich mei Scheff alle zwaa Wochn in unser Filiale nach Bielefeld gschickt. Und ein Värddljahr lang hob ich nedd gwissd, warum.« Der Chef Michael O. hat ihm den tieferen Sinn der Bielefeld-Besuche auch nie erklärt. Er hat ihm jedes Mal lediglich mitgeteilt: »Es is wieder so weit. Fahrn S' nach Bielefeld und schauer S' nach dem Rechten mit allem Pipapo. Bleibn S' zwei Tage mit Übernachtung und allem Pipapo.« ›Pipapo‹ ist der Lieblingsausdruck von Michael O.

Und wie der Stefan ungefähr zum fünften Mal mit allem Pipapo nach Bielefeld abgedüst ist, hat er auf der Autobahn in Höhe von Kassel bemerkt, dass er seine Buchhaltungsunterlagen mit allem Pipapo daheim liegen hat lassen. »Bin i«, sagte er vor Gericht, »oomds geecher Achter widder dahamm gween. Und nou schdäihd vuur unsern Haus mein Scheff sei Auto. Und dou is mer nou aff aamol wäi Schubbn vo meine Haar gfalln – warum, dass ich dauernd zwaa Dooch mit Übernachtung und allem Pipapo nach Bielefeld foohrn mouß. Wall dou hodd der alte Gaaferer jeedsmool mei Frau zammbaggd!« Dass auch dieses Zammbaggn mit allem Pipapo erfolgt ist, hat der Stefan an jenem Abend von der Terrasse aus bei einem Blick in sein Wohnzimmer erleben dürfen: »Halberd naggerd sins alle zwaa aff mein Sofa gleeng, mein Schambanjer homs gsuffn, und mei Scheff hodd zimmli erreechd in mei Frau neiblauderd. Mid die Händ.«

Auf einen sofortigen Racheakt hat der Stefan jedoch verzichtet. Er ist befehlsgemäß nach Bielefeld gefahren, hat sich dort dann Gedanken über seine finanziellen Verhältnisse mit allem Pipapo gemacht und einige Tage später dem Firmeninhaber die erwähnte Spesenabrechnung mit den Sonderkosten »10.000 Euro für die Benutzung von Frau Evelyn E.« vorgelegt. Und hat nicht vergessen zu erwähnen, dass er voraussichtlich bereits nächste Woche schon wieder nach Bielefeld fährt, wo dann eventuell erneut 10.000 Euro Aufhupfprämie fällig werden. Bei Nichtauszahlung hat der Stefan in Aussicht gestellt, dass er den tieferen Sinn der Bielefeld-Ausflüge der Ehefrau von seinem Chef weitererzählt, mit allem Pipapo.

Aus dem Zusatzverdienst ist aber nichts geworden. Vermutlich aus Gründen dringend notwendiger Sparmaßnahmen hat es der versierte Seitenspringer Michael O. lieber gleich selber seiner Frau erzählt, das Verhältnis zur Buchhaltersgattin beendet und den unermüdlichen Zwangs-Bielefeldpendler Stefan E. wegen Erpressung angezeigt. Das Gericht zeigte für den Spesenritter von der traurigen Gestalt zwar Verständnis, verurteilte ihn aber zu sechs Monaten mit Bewährung und einer Geldbuße von 3.000 Euro. Nach der Verhandlung wollte dann sogar das Erpressungsopfer Gnade vor Recht walten lassen. »Vergess mer die ganze Sache!«, reichte der Chef seinem Ex-Buchhalter die Hand, »ich stell Sie wieder ein mit allem Pipapo.« – »Du konnsd mich«, sagte der Stefan, »aweng am Oorsch leggn mid dein Pipapo – wenns dauernd nerblouß um dein Schni-Schna-Schnerbfl gäihd …«

Heinzi, das Nacktgespenst

Viele schöne evangelische Gedenktage geraten mehr und mehr in Vergessenheit. Neben dem Buß- und Bettag und dem Reformationsfest leider auch der Höhepunkt protestantischer Pädagogik, der Tag des Heiligen Martin am 11. November, an dem nach Einbruch der Dunkelheit früher der Bulzermärddl in einem Gewand erschienen ist, das heutzutage Terroralarm der höchsten Sicherheitsstufe auslösen würde. Damals hat kein Hahn, kein Innenminister nach ihm gekräht. Warum dieser wunderbare Brauch, der bei Kindern eine wohltuende, nachhaltige Panik ausgelöst hat, sich in Luft, beziehungsweise Luftschlangen aufgelöst hat, weiß man nicht. Jedenfalls ist er dem ebenfalls nicht schlechten Brauch des Faschingsbeginns zum Opfer gefallen.

Jetzt glimmt aber Hoffnung auf – der Versicherungsvertreter Heinz F. hat beide Feste, Faschingsdämmerung und Bulzermärddl, in einer einzigen, beeindruckenden Weise in sich vereinigt. Seine Verkleidung hat bei der Hundebesitzerin Lydia W. einen noch tieferen Eindruck hinterlassen als jemals ein Pelzmärtel oder Sankt Martin alter Prägung früher bei Kindern. Sie leide heute noch, stammelte sie vor Gericht, unter traumatischen Halluzinationen ihres Unterbewusstseins, unter schweren Albträumen.

Heinz F. ist Mitglied und gewissermaßen Vergnügungswart eines privaten Saunaklubs, bei dem es gelegentlich ein bisschen drunter und drüber, hin und her oder auch rein und raus geht. »Wos mir dou im Einzelnen machen«, sagte er, »des gäihd doch kann Menschn wos oo, odder?!« Im Einzelnen wollte es der Richter auch nicht wissen, aber im Besonderen interessiere es ihn schon. »Ner ja«, räumte der Heinz ein, »iich hob mer hald dengd, iich kumm zu unsern Saunagang am elfdn November amol als Bulzermärddl vergleided. Obber scho auch aweng faschingsmäßich und a bissala Ding, also soong mer amol – erodisch.« Die Mischung aus St. Martin, Faschingsprinz und Swingerklub-Vergnügungswart hat an jenem Abend dann so ausgesehen: Gummistiefel, im Schritt offenes Latex-Höschen, Gummihandschuhe, ein nur bis zum Bauch reichendes, vom Mottenbefall gezeichnetes Fuchspelzjäcklein sowie zwei Blinklicht-Zipfelmützen – eine für den Kopf, eine für den im Freien bambelnden Unterleib. »Mir hom«, erinnerte sich der Heinz, »eine Riesengaudi g'habd. Ein Halloo woor der des! A jeder hodd amol mei Zibflmüdzn schnalzn lassn wolln. Richdich schäi woors.« Und getrunken sei auch ein bisschen was geworden, teilweise sogar ein bisschen viel. »Und unser Saunaglubb is ja im Keller. Es woor scho nach Middernachd, maan i, dou bin iich dann amol naus zur Waschhaustür, und nou is durchn Wind die Tür zougfalln.«

Der Heinz hat erst geklopft, dann laut gerufen, dann vorn am Haus geläutet – aber im Keller war man teils schon sehr heiter, teils mit dem erwähnten Drunter und Drüber beschäftigt, und der erotische Faschingsbulzermärddl hat vergeblich Einlass begehrt. »Mid der Zeit hodds mi zimmli gfruurn«, schilderte er den Verlauf der Nacht, »und in mein Dambers, wou iich g'habd hob, hob iich nou scheint's im Haus geengüber glaid. Und in den Momend is nou die Frau dou mid ihrn Hund aus der Haustür rauskummer.« – »Einen solchen Schock«, sagte die Zeugin Lydia W. aus, »hob ich in mein ganz Leb'n nunni g'habd. Ich wolld grad mid mein Lumbi Gassi gäih – schdäihd dou bragdisch der Leibhaftige vuur mir!«

Genauer gesagt: Der Unterleibhaftige – der Heinz in seinem geschlitzten Latex-Höschen, im knappen Fuchspelzjäcklein, oben am Kopf und unten zwischen den Beinen blinkend. »Und unten«, stöhnte die Lydia, »unten, dou hodder auch noch unzüchdich hiiglangd.« – »Bläids Gschmarri«, wehrte sich der Heinz, »iich hob nerblouß mei Händ schützend vuur mein Dings hii g'haldn. Wall mer der ihr Hund mei Zibflmüdzn wechgschnabbd hodd. Iich konn froh sei, dasser nerblouß in die Müdzn neibissn hodd.« Nach eingehender fachlicher Erörterung des Begriffs Zipfelmütze und ihres Verwendungszwecks ist das Nacktgespenst Heinz F. wegen Erregung öffentlichen Ärgernisses zu einer Geldstrafe von 800 Euro verurteilt worden. Ob er, ähnlich wie sein berühmtes Vorbild St. Martin, in einigen Jahrhunderten zur panikverbreitenden Sagengestalt wird oder gar als Zipfelmützen-Kondompfaff in die Kirchengeschichte eingeht – darüber wird dereinst andernorts entschieden werden.

Im Schwitzkasten nach Schweinau

Das kommt auch nicht jede Nacht vor. Dass jemand zwangsweise und irrtümlich fünf Kilometer lang heimatvertrieben wird und sich dann auch noch als Angeklagter vor Gericht wiederfindet. Eigentlich hätte aber nicht der Elektronikfachverkäufer Harald B. vor Gericht stehen müssen, sondern der bekannte Volksentscheider und Wirtshausluftreiniger Frankenberger. Denn seit man im Gasthaus plebiszitär nicht mehr qualmen darf, karteln die leidenschaftlichen Lungenzügler Harald B., Werner R. und Hermann H. einmal in der Woche daheim am häuslichen Herd. Skat ohne Smoking, haben die drei damals bei Inkrafttreten des Luftreinheitsgesetzes befunden, ist ein Krampf. Allerdings spielt bei ihnen auch Drinking eine nicht unerhebliche Rolle.

In der Tatnacht damals ist zunächst alles zufriedenstellend verlaufen, Skating, Drinking und Smoking. Bis zu dem Zeitpunkt, wo der Harald die Herz-Ass gespielt, jedoch vermerkt hat, dass beim Hermann der Karo-Bube noch in der Hinterhand hockt, worauf die Rotsau furchtbar zusammengestochen worden ist. Dieser Vorgang hat den Werner zu der Äußerung verleitet, dass es sich beim Harald um das größte auf der Welt vorkommende Arschloch handelt. »Nou is«, wusste der Werner vor Gericht, »nou is aweng a Streit aafkummer. Mir hom die Karddln am Diisch hiigschmissn und hom gsachd, dass es Karddln suu kann Wert mehr hodd. Und nou hommer aafg'heerd.« Aufgehört mit dem Karteln, nicht aber mit dem Streiten. Unter ständigem Zitieren des fränkischen Schimpfwörterlexikons von Affnarsch bis Zibflziecher ist man vor der Haustür vom Werner in der Allersberger Straße gestanden. »Und dou hodd mir nou«, sagte der Werner, »der Harald gsachd, dass eingli iich es Oorschluuch bin. Dou draff hobbin anne am Backn naafg'haud. Und in den Moment baggd miich der Hermann in Schwidzkasdn und brüllt ›Edzer is Schluss, ihr Oorschlecher!‹ und nou hodder mi dervoozuung. Im Schwidzkasdn.«

In diesem sehr schmerzhaften, aber wirkungsvollen Würgegriff ist der Werner lange Zeit verblieben, fünf Kilometer lang. Mit der Ankündigung »Edzer werd hammganger!« hat der Hermann den Werner von der heimatlichen Haustür in der Allersberger Straße in Richtung Humboldtstraße geschleift, durch die Leibnizstraße, durch die Hintere Marktstraße in die Schweinauer Hauptstraße. Manchmal hat der Hermann den Schwitzkasten ein bisschen gelockert, und dann hat der Werner gebrüllt: »Lou mi edzer los, du Oorschluuch! Ich will widder hamm!« Worauf der Hermann den Würgegriff erneut ein bisschen angezogen hat, mit den besänftigenden Worten: »Hald dei Maul, Doldi. Glei simmer dahamm.« Während des gesamten Schleifwegs hat der Werner aber nie so viel Luft gehabt, um alles zu erklären: Dass es sich bei ihm, dem Werner, um den Werner handelt, der keinesfalls in Schweinau wohnt, sondern in der Allersberger Straße, von wo er gerade Kilometer um Kilometer im Schwitzkasten verschleppt wird.

»Ja, es woor ein Irrtum, Herr Richter«, räumte der Hermann jetzt in der Verhandlung ein, »es woor hald finsder, gell. Und a boor Bier hobbi aa scho g'habd. Und nou hobbi in Harald scheind's middn Werner verwechsld. Der Harald wohnt nemli in der Schweinauer Haubdschdrass. Obber des hobbi erschd gmergd, wäi ich in der Schweinauer Haubdschdrass am Harald sein Haus gschelld hob. Und dou hodd nou zu meiner großn

Überraschung der Harald die Diir aafgmachd. Wall der is middn Taxi scho hammgfoohrn gween.« – »Hobbi nerdirli scho aweng bläid gschaud«, fuhr der Hermann fort, »wall ich ja gmaand hob, ich hob in Harald im Schwidzkasdn hammgschlebbd, und nou schdäihd edzer aff aamol noch ein Harald vuur mir. Und wäi ich in Schwidzkasdn vom Harald, wou eingli der Werner gween is, wäi ich den aweng gelockert hob – in den Aungblick hodd mir der Werner, wou ich gmaand hob, des is der Harald, hodd der mir mid der Faust vull anne aff die Noosn draff bredderd, dassi bewusstlos worn bin. Des hodd mer nou dervoo, wemmer einen Streit schlichdn doud.«

Der Richter, der vor lauter doppelten Haralden und verwechselten Wernern schon ganz wirr im Kopf war, fragte am Ende der nebelhaften Einlassungen, ob der Schwitzkasten-Transporteur Hermann sich vorstellen könne, seine Anzeige wegen dem Werner seinem Faustschlag zurückzuziehen. Der Hermann konnte es sich vorstellen, und das Verfahren gegen den Werner wurde eingestellt. »Bin iich frouh«, sagte der Werner nach der Verhandlung zum Hermann, »dass der Harald vuur zwaa Jahr vo Zirndorf nach Schweinau umzuung is. Wall des moußder amol vuurschdelln, du Oorschluuch – dahamm vo der Allerschbercher Schdrass bis nach Zirndorf im Schwidzkasdn! Dou häddi vielleichd gschwidzd …«

Ware Freundschaft (ohne h)

Bei Geschenken zu Anlässen aller Art muss man gut und möglichst genau abwägen. Denn auch beim Schenken gilt das Fundament allen menschlichen Zusammenlebens: die Rendite. Besteht etwa bei einem runden Geburtstag die berechtigte Aussicht auf eine Einladung mit Mehrgang-Menü, erlesenen Getränken und unter Umständen anschließend sogar noch auf eine kostenlose Übernachtung mit Frühstücksbuffet, kann man sein Präsent ohne weiteres im 50-Euro-Bereich ansiedeln.

Beim Bankfilialleiter Gerald W. ist die Kalkulation anlässlich seines 60. Geburtstages voll in die Hosen gegangen. In Erwartung eines rauschenden Festes haben die Freunde vom Gerald, an ihrer Spitze als Initiator Helmut L., sich Wochen vor den Feierlichkeiten auf ein sündhaft teures Gemeinschaftsgeschenk geeinigt: ein Trekking-Fahrrad für 700 Euro. »Dou mäimer ban Gerry sein Gebozzdooch ganz schäi neisaufn«, hat der Helmut nachgerechnet, »dass mer unser Geld widder reigräing.« Von einer bacchanalischen Geburtstagsfeier war aber noch wenige Tage vor dem sehnlichst erwarteten Fest überhaupt keine Rede, das edle und vor allem teure Fahrrad jedoch längst gekauft.

»Ner ja, nou kummder hald fräih ummer zehner rum schnell affern Sprung vorbei«, hat der Gerald nicht sonderlich begeistert gemeint, wie der Helmut sich nach dem genauen Zeitpunkt für Feier und feierliche Geschenkübergabe erkundigt hat. »Und wissen S'«, äußerte sich Herr Helmut L. jetzt bei der Verhandlung, »Wissen S', wäi der Gerry uns nou an sein Gebozzdooch embfanger hodd, Herr Richter?! In der Dschogging-Huusn is er in der Diir gschdandn! Und mir hom deilweise fei dunkle

Anzüüch oog'habd! Und wäi mer *Hebby Böörsdäy du you* gsunger g'habd hom und feierlich es Fahrrad überreicht – nou hodd hind sei Frau gsachd ›Fahrräder hodd der Gerry scho drei Schdick‹. Des woor a Embfang! Gräiß di Godd!« Und auf der überaus herzlichen Ebene ist es dann weitergegangen: Zum Essen sind sehr widerwillig einige Scheiben Knäckebrot mit Diätleberwurst gereicht worden, zum Trinken wahlweise Pfefferminztee, Mineralwasser oder Apfelsaftschorle, und zur allgemeinen Unterhaltung ist im Wohnzimmer der Fernseher eingeschalten gewesen.

»Obber nachera halm Schdund«, sagte der Helmut vor Gericht aus, »is nou doch nu ganz schäi worn.« Und zwar hat der Helmut bei einem nahen Party-Service gschwind eine Rundum-Verköstigung für ungefähr 50 Personen geordert, im Getränkemarkt fünf Kasten Bier sowie ein kleines Herren-Sortiment Champagner, Wein und Schnaps. Die Lieferung hat das Geburtstagskind bezahlen müssen.

Bereits am frühen Nachmittag sind einige Freunde teils in den Ehebetten, teils am Sofa eingeschlafen, einer hat vom vielen Essen und Trinken aus Versehen hinter den Gummibaum gespeit, und der Helmut ist mit dem Geburtstagsgeschenk durch die Wohnung geradelt und hat dabei auf der Farradklingel die Instrumentalfassung von *Happy Birthday* gespielt. »Unser Wohnung«, sagte Herr Gerald W. vor Gericht aus, »hodd ausgschaud wäi nachern Bombnangriff.« – »Und dabei«, fügte er noch hinzu, »hom mir an mein Gebozzdooch doch nammidooch a Wochn nach Mallorga fläing wolln. Wäi unser Fliecher in Zieglschdaa forddgfluung is – dou sin meine ehemalichn Freind alle bsuffn ba uns dahamm ummernandergfluung. Nix woors mid Mallorga. Und es Allerschennsde nu: Wäi mers nou Oomds ummer achder endli alle nausgschdamberd g'habd hom – nou homs des Fahrrad, wous mer gschenkd hom, homs des aa widder miidgnummer!« – »Ja, wenn anner ka gscheide Gebozzdoochsfeier machd«, erläuterte der Helmut die Mitnahme des Fahrrads, »nou gibds aa ka Gschenk.« Nach einem alten juristischen Lehrsatz darf man aber Geschenke nicht wieder mitnehmen: G'schenkt is g'schenkt. Wegen Diebstahls eines Geburtstagsgeschenkes und Anzettelung einer feierlichen Wohnungsverwüstung ist Herr Helmut L. zu einer Geldstrafe von 1.800 Euro sowie der Erstattung einiger Möbel, der Rechnung des Party-Service und des Getränkemarktes und eines einwöchigen Mallorca-Urlaubs für zwei Personen verurteilt worden. »Aff dein fimbfersechzigsdn Gebozzdooch«, verabschiedete sich der Helmut vom Gerald, »dou konnsd di haid scho freier …«

Der verzauberte Bräutigam

Ähnlich wie fast jede kanonische Lichtgestalt im Vatikan vollbringt auch der Mond in jeder Hinsicht unglaubliche Wunder. Alphabetisch aufgelistet findet man die Wunder im Mondkalender, wo man für nur 19,90 Euro nachlesen kann, wie sie bei allen erdenklichen Tätigkeiten, vom Abspülen über Betten lüften, Fenster putzen, Gurken pflanzen, Holz hacken bis zum Zähne ziehen, extrem hilfreich wirken. Nur ein kleines Beispiel aus der Wunderwelt des Mondes: Ein 1. FC Nürnberg würde ohne Weiteres jedes Spiel zweistellig gewinnen, fände es statt unter Flutlicht bei Vollmond statt. Oder noch besser bei Neumond, dann sieht man es überhaupt nicht. Die besten Wunder erzeugt der Mond aber entschieden auf den Konten der Mondkalenderhersteller, wo es speziell in mondhellen Nächten vor lauter Geldmünzen nur so gleißt und glitzert.

Diese Kraft des Mondes macht sich gelegentlich auch die versierte Voodoo-Zauberin Vera B. zunutze. In einigen Herbstnächten des vergangenen Jahres hat sie mittels der Mondgravitation 800 Euro verdient. Jetzt ist der Mond, beziehungsweise seine Stellvertreterin auf Erden Vera B., wegen Leistungserschleichung vor Gericht gestanden. Er, der Mond, hätte nämlich der Finanzbuchhalterin Sissy W. den seit einem Jahr bei ihr tätigen, sich plötzlich aber verduftenden Liebhaber namens Gerd wieder zurückbringen sollen. »Ich woor hald«, sagte die Zeugin Sissy W. in der Verhandlung, »zimmli verzweifelt damals. Wall mei Gerd hodd mich ja heiroodn wolln, nä. Und aff aamol is er auf und dervoo gween, gell. Und dann hob ich mich in meiner Not an däi Frau dou gwend, nä, gell.« Die Frau Vera B. ist der Sissy von einer Freundin empfohlen worden. Und ursprünglich hätte die völlig problemlose Rückholung vom Gerd lediglich 50 Euro gekostet. »Obber die Frau Vera hodd mer nou eine Bubbn basdld aus Gneedgummi, däi wou bragdisch der Gerd gween is, nä. Und des hodd dann numol 100 Euro kosd. Und dann simmer nachds bei zunehmenden Mond, nä, simmer an die Bengerz noo mid dera Bubbn, gell. Und dou hodds mer nou zeichd, wäi dass ich die Bubbn schdreichln muss, nä. Und des hodd dann eine Bearbeitungsgebühr vo 150 Euro kost, gell, und für ihr Begleitung numol 50 Euro, nä.«

Zudem habe sie, die Sissy, den Namen ihres Geliebten ausschließlich bei zunehmendem Mond rückwärts flüstern müssen, sodass sie ständig »Kumm hald widder zrigg, mei Dreg!«, in die Knetgummipuppe hineingehaucht habe. Die Zusatzinformation habe einen weiteren Aufschlag von 100 Euro notwendig gemacht. Und der zunehmende Mond ist unerlässlich gewesen, weil dann nämlich auch die Liebe von besagtem Gerd, beziehungsweise rückwärts geflüstert Dreg, wieder zunimmt: Wie der Mond, so der Dreg. Und wieder sind 250 Euro fällig gewesen.

Die letzten 100 Euro habe die Voodoo- und Mondzauberin Vera für den auch nicht schlechten Ratschlag erhoben, sie, die Sissy, möge jetzt einmal nach ihrem Ex-Liebhaber fahnden und nachforschen, ob die Kräfte von Mond und Knetgummi schon Wirkung zeigten. »Nou hobbin«, sagte die Sissy, »a Wochn schbeeder in der Schdrasserboo gseeng, nä, und hob nern gfrouchd, gell, ob er nix gmergd hodd, nä, gell. Und nou hodder gsachd, nä, dass er scho wos gmergd hodd, gell. Und zwar hodder gmergd, nä, dass ohne mich vill schenner is, gell. Und an der nexdn Haldeschdell is er ausgschdieng, nä, gell.«

Mit der Rückholung ihres Ex-Bräutigams habe es also trotz Anrufung des zunehmenden Mondes, trotz Knetgummipuppe, trotz flehenden Rückwärtsflüsterns nachweislich nicht geklappt, sagte die Sissy, und ob es jetzt vielleicht mit eher irdischen Hilfsmitteln funktioniere, die voll auf den Mond geschossenen 800 Euro wieder zurückzuholen. Weil ihr Bankkonto befinde sich nämlich im Stadium einer besorgniserregenden Mondfinsternis.

Wahrscheinlich ist der Tag der Gerichtsverhandlung im Mondkalender günstig für schöne, amtsrichterliche Entscheidungen ausgewiesen gewesen, denn der Richter entschied: Frau Vera B. muss die für mehr oder weniger groben Unfug berechneten 800 Euro an die Sissy wieder zurückzahlen. Freudestrahlend verließ die Sissy den Sitzungssaal, mit dem an die Vera gerichteten Rat: »Edzer konnsd singer *Der Mond is ausgegangen*, nä, gell, Gneedgummiwachdl, bläide!«

Die Katze, die Amseln und der Wind

Die in Garteninhaberkreisen als unüberwindlicher Grenzwall immer wieder gern genommene Thujahecke ist eine interessante Pflanze. Botanisch gehört sie zur Familie der Zypressengewächse, Unterordnung Spermatophytia, und ist einhäusig getrenntgeschlechtlich, was bedeutet, dass an ein und demselben Zweiglein oft männliche und weibliche Zapfen bambeln.

Es ist deswegen erwähnenswert, weil in dem Gerichtsverfahren gegen den Thujaheckenbesitzer Rentner Rudolf S. die Unterordnung Spermatophytia, die einhäusige Getrenntgeschlechtlichkeit, sowie vor allem ein angeblich deutlich sichtbar umherschwingender männlicher Zapfen eine wesentliche Rolle gespielt haben sollen. Über welchen Zeitraum insgesamt der Zapfen von Herrn Rudolf S. schon tätig gewesen ist, weiß man nicht – erstmals und letztmals ist er von der Zeugin Manuela K., Nachbarin jenseits der extrem dichten Thujahecke, an einem Nachmittag im vergangenen Spätsommer gesichtet worden. »Dou hodds ja wochnlang greengd g'habd«, sagte die Manuela vor Gericht aus, »und an den Dooch is nou endlich widder amol die Sunner rauskummer. Und nou hobbi mi in Garddn aweng mid mein Bikini hiigleechd g'habd.«

Infolge einer eigenen Backsteinmauer und der nachbarlichen Thujahecke kann man den Teil des Gartens nicht einsehen, sodass die Manuela sich schon nach wenigen Minuten im Natursolarium des Oberteils ihres Bikinis entledigt hat. »Und nou hob ich miich obber aff aamol irchndwie beobachded gfühld, Herr Richter. Des merksd ja als Frau im Underbewussdsein, wenn di anner ooglodzd.« Trotz schärfster Beobachtung hat Frau

Manuela K. damals aber keinen Glotzer gesichtet. So hat sie der Thujahecke einen weiteren interessanten Anblick geboten, indem sie auch das Unterteil ihres Bikinis abgestreift hat. »Und nou hobbi mi affn Bauch gleechd – und dou hobbis aff aamol gseeng: In der Heckn is a Luuch neigschniddn gween, und dou hodd wos blinkt in der Sunner.« Und zwar haben in den letzten Sonnenstrahlen des Nachmittags die zwei Linsen eines Feld- beziehungsweise Heckenstechers geblinkt. »Is der alde Gaaferer in seiner Heckn drinner g'hockt und hodd mich middn Feldschdecher beobachded. Nerdirli gloor, wos der derbei nu gmachd hodd!«

»Goornix is gloor!«, wehrte sich der als Spanner der Unterordnung Spermatophytia mit männlichem Zapfen verdächtigte Nachbar. »Wenn i scho nackerde Weiber ooschau, nou souch i mer wos Zweggerds raus! Däi alde Schlumbl mid ihre ball sechzg Joohr, wos bild si denn däi ei!« – »Iich hob«, fuhr er fort, »iich hob nerblouß die andern Nachbern ihr Kadz beobachded, wall däi immer aff die Vögl losgäihd. Und in meiner Heckn sin Amseln drinner. Aff die Kadz hobbi glauerd und aff die Amseln hobbi aafbassd – und nedd aff däi alde Schnebfn dou driimer!«

Bevor das hohe Gericht noch einschreiten konnte, bahnte sich seitens der Manuela ein weiterer Prozess an: »Sooderla, Zeugen sin reichlich dou! Alde Schlumbl und alde Schnebfn – wenn des dou rum is, zeich ich Ihner serfordd widder oo!« Um dann auf die momentane Verhandlung wieder einzuschwenken: »Dassi fei nedd lach! Die Kadz vo die Nachbern beobachded! Ich heer dauernd Kadz! Däi Kadzn, wou Sie beobachdn denner, däi kenn i inzwischn scho!« Und nach ganz kurzer Verschnaufpause: »Und die Brumbfdschreie, wou ich ganz deutlich g'heerd hob, des sin woohrscheins die Amseln gween, alder Gaaferer! Und dass die Heckn gwackld hodd, wäi wenns an Schüddlfrosd hädd ...« – »... des woor vielleichd der Wind«, vervollständigte der Rudolf den Satz. Es hätte aber ein örtlich sehr begrenzter Wind, wenn nicht sogar ein Orkan sein müssen, da sich die Thujazweige nur an einer einzigen Stelle und da sehr heftig bewegt haben, wie der Ehemann der Manuela bezeugte.

Der Rudolf ist als Wald-, Wiesen- und Feldstecher juristisch und einschlägig schon einmal in Erscheinung getreten, und so hat ihm das Gericht die schönen Erzählungen von der Katz, den Amseln und dem Wind nicht abgenommen. Für die alte Schlumbl und die alte Schnepfe musste er eine Ordnungsstrafe von 300 Euro löhnen, sein Einsatz als Spermatophytia am männlichen Zapfen machte vier Monate mit Bewährung und 1.200 Euro Geldbuße.

Die Wanderteilprothese

So begrüßenswert erfindungsreich sich die menschliche Ersatzteilindustrie entwickelt hat, so wenig stolz brüsten sich die Inhaber künstlicher Haare, neuer Ohren oder frisch zementierter Hüftgelenke meist ihrer technischen Einbauten in der Öffentlichkeit. Vor allem im Bereich der Restaurierungen des Kau- und Beißtraktes herrscht oft dezentes, ja verschämtes Schweigen. Der Zahnprothesenträger Siegfried S. allerdings ist da aus einem anderen Holz geschnitzt, beziehungsweise Amalgam geformt: Kaum ist im Rahmen einer kleinen Gesellschaft, sei es am Stammtisch, sei es bei schönen Omnibusausflügen, von Zähnen die Rede, entnimmt der Siegfried seinem selten stillstehenden Mund eine Teilprothese und lobpreist sodann die hohe Kunst der Dentologie.

Allerdings sind seine interessanten Vorträge dann immer schwer verständlich, denn es fehlen ihm dabei die fünf gerade herausgenommenen Zähne, die im Freien ohne Mund ja nicht sprechen können.

Am Stammtisch vom Siegfried besteht seit geraumer Zeit überhaupt kein Interesse mehr an diesen Vorträgen. »Wall«, sagte der jetzt angeklagte Otto R. vor dem Amtsgericht, »wall, des is ja nedd grood rechd abbediddlich, wenn der Sigi middn bam Essn aff aamol sei Brodeesn aus der Goschn rauszäichd und uns nocherdla zum hunderfuchzigsdn Mal erklärt, wäi dass seine gschissner Kunststoff-Haggerla an seine Restzähn befesdichd sin. Des indressierd ba uns keine alde Sau mehr.«

Über Zähne, Prothesen, Gebisse herrscht am Stammtisch also ein striktes Schweigegelübde, von dem aber ein zufällig am Tisch sitzender Gast am Tatabend keine Ahnung gehabt hat. Er hat nach dem Genuss eines nicht ganz faserfreien Koteletts die Bedienung um einen Zahnstocher gebeten. »An Zahnstocher braung Sie?«, hat da der Siegfried sofort eingehakt, »Dou schauer S' amol her, wäi ich des mach!« Und zack hat der Sigi schon seine Teilprothese in der Hand gehabt, um seinem erstaunten Gegenüber anhand des Demonstrationsobjektes zahnluckert zu erklären: »Chauerch cher, ech ich eine Eiloeeche. Lich un ech mi anner Ammer echechdichd, onchd ehercheid auchou un auerachn. Auch mer ull Ahnchocher.« Was ungefähr bedeuten hat sollen: »Schauer S' her, des is eine Teilprothese. Links und rechts mit einer Klammer befestigt. Kannst jederzeit raustun und sauber machen. Braucht mer null Zahnstocher.«

Ehe der Gast irgendeine Meinung über die Vorzüge einer fünfzahnigen Teilprothese kundtun konnte, hat der Otto schon gebrüllt: »Wennsd edzer nedd serfordd deine scheiß Zähn widder ins Maul schdobfsd, nou bassierd a Unglück!« Da hat sich der Siegfried schnell erhoben und ist auf die Toilette geflüchtet. Hat auf der Flucht aber aus Versehen die Teilprothese am Tisch liegen lassen. »Ich hob die Brodeesn«, sagte der Otto vor Gericht aus, »nou in Sigi sein Biergruuch neigschmissn. Nocherdla hodd die Bedienung in Gruuch miidgnummer und a frisch Bier brachd. Des woor alles.«

Es war aber noch nicht alles. Wie der Siegfried von der Toilette zurückgekommen ist und mit den erregten Worten »Ou innern eine Ähn?!«, nach dem Verbleib seiner Zähne gefahndet hat, ist die Wanderteilprothese schon auf dem Weg ins ewige Zahnlabor gewesen: im Krug mit einem Rest Kellerbier zuerst in die Spüle, von dort in die Rotierbürste und sodann in die Spülmaschine. Eine halbe Stunde später hat der Wirt dem Siegfried mit spitzen Fingern einen Gegenstand überreicht, der unter

Umständen an eine kleine Skulptur aus dem Atelier eines modernen Zinngießers erinnern hätte können, niemals aber an eine fünfzahnige Teilprothese. Der entschiedene Teilprothesen-Befürworter Siegfried S. hat die Übergabe der Gebissruine mit den Worten kommentiert: »Hoherla, echer chin cheidauchnd Eucho im Oorch.« – »Sooderla, edzer sin zweidausend Euro im Oorsch.«

Für ganz so kostbar hielt das Gericht die entweder mutwillig oder in der Spülmaschine abgewrackten Zähne aber nicht: Der auf Schadensersatz verklagte Otto R. musste zur Instandsetzung der Teilprothese 1.300 Euro beitragen. »Besser wär's«, sagte er nach dem Urteil zum Siegfried, »du häsd ibberhabbs ka Brodeesn. Wall ohne Zähn hosd zwoor aa an schäiner Scheiß gredd, obber mer hodds nedd verschdandn …«

Rufmord am Klingelschild

Das nebelhafte, aber immer wieder gern genommene, von Johann Goethe in die Welt gesetzte Sprichwort »Namen sind Schall und Rauch« kann kaum jemand richtig erklären. Außer neuerdings vielleicht der pensionierte Graveurmeister Friedrich W. Er hat für einige Namen vor zwei Monaten von seinem Obermieter Frank E. drei derartige Watschn erhalten, dass es auf seinen Wangen nur so geraucht und im Treppenhaus, dem Tatort der Schellnempfängnis, laut geschallt hat. Also: Schall und Rauch.

Was bei Goethe die Inspiration zu »Schall und Rauch« gebildet hat, verliert sich im Dunkel germanistischer Forschungen, bei Herrn Frank E. sind der Anlass für die schallenden und rauchenden Ohrfeigen insgesamt drei verschiedene, ziemlich außergewöhnlich lautende Namen auf seinem Klingelschild gewesen.

Die zwei Nachbarn Frank E. und Friedrich W. haben sich wegen ein paar üblen Nachreden, Nichteinhaltung der Haus- und Schneeräumordnung, Verstoß gegen das deutsche Mülltonnengesetz, Rufmord und so weiter schon längere Zeit im Nahkampf befunden. »Normool«, sagte der jetzt angeklagte Frank E. vor Gericht, »normool les ich ja unsere Klinglschilder undn an der Haustür nedd. Wall ich wass ja, wäi ich hass, nä.« An dem Abend im Dezember hatte der Frank aber seine Hausschlüssel vergessen und bei sich selber läuten müssen. »Und dou hobbi dann auf unserm Klinglschild gleesn, dass ba uns im Haus scheint's neue Mieter eizuung sin – schdäihd dou aff den Namensschildla, haldn S' Ihner fest, Herr Richter, schdäihd dou ›Arschloch‹ dorddn!« Und er habe es danach sogleich seiner Frau erzählt: »Schdell der vuur, Frau! Ba uns im Haus sin anne eizuung, däi hassn

Arschloch! Des konn i ja fast nedd glaub'n, dass jemand wergli ›Arschloch‹ hassd!« Zu zweit habe man dann das neue Klingelschild in Augenschein genommen. »Und dou hommer dann gmergd, dass des unser Klinglschild is, dass mir die Arschlöcher sin! Sauber in Messing neigraviert!«

Noch am selben Abend hat der Frank das Messingschild mit dem eingravierten ›Arschloch‹ wutschnaubend abgeschraubt. »Zwaa Dooch schbeeder«, sagte der Frank vor Gericht, »is a neus Schildla dorddn gween. Desmool hommer ›Wildsau‹ g'hassn. Nou hommer drei Dooch lang Wache g'haldn am Fensderbreddla. Immer zwaa Schdund iich und nou zwaa Schdund mei Frau, dass mer den Klinglschild-Austauscher derwischn. Obber dou hodd si nix grührt. Erschd a Wochn schbeeder. Dou hommer unsern Wachdienst eigschdelld g'habd – und bums! Hängd scho widder a neus Messingschildla dorddn. Dou is draffgschdandn ›Frank u. Julia Bettbrunser‹. Des mäin S' Ihner amol vuurschdelln, Herr Richter – Bettbrunser!! A anderer Nachber hodds aa scho gleesn g'habd. Der hodd mich gfrouchd, seid wann dass mir ›Bettbrunser‹ hassn! Nou hob nern iich erzilld, dass mir vurche Wochn aa scho ›Arschloch‹ und ›Wildsau‹ g'hassn hom. Und nou hodd er gsachd, dass nern vo däi drei Namer ›Bettbrunser‹ nu am besdn gfälld.«

Und nach dem kleinen Exkurs im Treppenhaus über Etymologie und Allegorie von Nachnamen ist Herrn Frank E. eingefallen, dass sein Lieblingsfeind Friedrich W. im dritten Stock vor seiner Pensionierung als Graveurmeister tätig gewesen ist. Noch mit dem Schraubenzieher in der Hand ist er zu ihm hinaufgerannt. »Insgesamt hobbin glaab i drei am Backn naafg'haud. Anne fiir Arschloch, anne fiir Wildsau und anne fiir Bettbrunser.«

Ein Verfahren gegen den pensionierten Graveurmeister wegen Klingelschildbeleidigung ist – da Friedrich W. das kunstvolle Gravieren der sehr seltenen Familiennamen Arschloch, Wildsau und Bettbrunser leugnet – noch anhängig. Vorläufig wurde Frank E. wegen Körperverletzung zu einer Geldstrafe von 1.200 Euro verurteilt.

Dass im Haus und an den Klingelschildern in absehbarer Zeit Friede einkehrt und sich der Streit eines Tages im Sinne Goethes wirklich in Schall und Rauch auflöst, ist unwahrscheinlich. Denn nach der Verhandlung brummte der Graveurmeister Friedrich W.: »Ich wass goornedd, wos der hodd. Wemmer a Oorschluuch, a Wildsau und a Beddbrunser is – nou kommers doch aa affs Klinglschild hiischreib'n.«

Die Krämpfe mit dem Wadenkrampf

Das interessante Wort Krampf ist, wie namhafte Germanisten herausgefunden haben, mindestens dreideutig. Es kann 1. das unwillkürliche, schmerzhafte Zusammenziehen von Muskeln bezeichnen, 2. das eher willkürliche, jedoch extrem nervtötende Bemühen um schrille Aufmerksamkeit und 3. vor allem im ober- und mittelfränkischen Sprach- und Abschreibbereich eine offensichtliche Unwahrheit. Im letzteren Fall schreibt man es mit schönen weichen Konsonanten, also Grambf.

In seltenen Fällen, etwa beim vor einiger Zeit akuten oberfränkischen Abschreibkrampf, können alle drei Bedeutungen in Kraft treten. Bei dem aus der Metropolregion Mittelfranken stammenden Krampfpatienten Otto B. haben jetzt gerichtlicherseits aber nur zwei Bedeutungen untersucht werden müssen: 1. der angeblich bei ihm häufig auftretende Wadenkrampf, und ob es sich 2. dabei lediglich um völlig frei erfundene Grämbf handelt.

Im letzten Herbst ist der mutmaßliche Grambfbolln Otto in einem Bierzelt gesessen, hat zwei sogenannte Beckstein, also vier Maß Märzen, zu sich genommen und dabei die schöne Aussicht in Täler und Höhen genossen. Genauer gesagt: in ein Tal und in zwei sehr ansehnliche Höhen in Gestalt des verhältnismäßig tief ausgeschnittenen Dirndls von Frau Hannelore K. Viel hätte nicht gefehlt, so erinnerte sich die Zeugin jetzt in der Verhandlung, und die Stielaugen vom Otto wären ihm vor lauter Glotzen aus der Fassung geschnalzt.

Das Hinstieren mit den Augen auf ihre freitragende Hügellandschaft habe sie, die Hannelore, anfänglich nicht sonderlich gestört. Das dann erfolgende Stieren mit einem zunächst ihr unbekannten Fuß zwischen ihren

Beinen aber durchaus. »Erschd«, sagte die Hannelore, »hobbi gmaand, dou läffd irchnd a Hund ba uns undern Diisch rum. Und dass der mid seiner Schnauzn ba mir ummernanderschnüffld. Obber nou hobbi gmergd, dass der Moo mir geengüber mich suu saubläid oogrinsd.«

Worauf die Hannelore nachgeschaut hat, ob es sich bei den Annäherungsversuchen in ihrer Unterwelt um einen Hund oder um eine Hand handelt. Es ist aber weder Hand noch Hund gewesen: »Des is der Fouß vo den Moo gween, Herr Richter! Ohne Schouh und ohne Sockn! Der nackerde Fouß! Des mäin S' Ihner amol vuurschdelln – zäichd der Schouh und Schdrimbf aus und mährd ba mir mid der nackerdn groußn Zeher under mein Rock ummernander! A wildfremder Moo!«

»Suu ein saubläides Gschmarri«, entgegnete der Otto, »wenn däi Frau wisserd, wos ich Dooch und Nachd miidmach mid mein Leiden, nou hädds mi nedd oozeichd!« – »Vuur allem nachds«, fuhr er fort, »dou is am schlimmsdn – Zehergrambf, Wadengrambf, Oberschenklgrambf! Dou kennd ich oft grood nausbrülln vuur Schmerzn! Und dou is nocherdla ein Reflex in mein Körber, Herr Richter, dou zäichds mir wie audomadisch es ganze Baa in die Häich. Des schnalzd richdich nauf! Und nou zuckds nu aweng, und nocherdla lässd der Schmerz langsam nouch.«

Auch an dem Abend im Bierzelt hat es in dem Stehaufbein vom Otto also schwer gezuckt und geschnalzt. »Als erschdes hobbi mein Schouh auszuung, nocherdla in Stützstrumbf roogrissn, und nou hodds mer vuur lauder Grambf scho es Baa naufgschnalzd. Dou bisd du machdlos dergeeng. Ich hob hald einen Eisnmangl, konnsd nix machn.« Und saublöd gegrinst habe er während der Ausübung der angeblichen Zehenerotik auch nicht, vielmehr habe sich sein Antlitz von Schmerz gepeinigt so verzerrt, dass es Nichteingeweihte für saublödes Grinsen halten.

In vielen Fällen, wenn es um Waden- oder Abschreibkrämpfe geht, muss ein Gericht natürlich die Expertisen renommierter Gutachter einholen. Im Fall vom Otto seinen Grämbfen aber nicht. Der Amtsgerichtsrat persönlich bekannte, dass er häufig von Wadenkrämpfen heimgesucht werde, dabei aber noch nie sein gesamtes Bein in die Höhe geschnalzt sei und die große Zehe auch nicht bohrende, zuckende Bewegungen vollführt habe. Ganz ohne Krampfadern-Gutachter wurde Herr Otto B. wegen sexueller Über- und Untergriffe zu einer Geldstrafe von 3.500 Euro verurteilt. »Und wenn S' widder amol in der Öffendlichkeit Ihrn Stützstrumbf auszäing«, riet ihm die Hannelore noch zum Abschied, »nou waschn S' vielleichd vorher Ihre Fäiß. Wall däi nemli ziemlich stark schwaaßln.«

Der Motorhaubentaucher

Das Innenleben von Kraftfahrzeugen ist für viele ein Geheimnis. Den Motor ihres Autos würden sie manchmal durchaus finden, keineswegs aber zum Beispiel den Motorhaubenöffner, der sich manchmal links unterm Lenkrad befindet, manchmal rechts über dem Lenkrad, manchmal im Handschuhfach, manchmal öffnet sich die Motorhaube vielleicht durch irgendeine digitale DNA-Analyse oder mittels einer solargesteuerten Fotosynthese. Oder so ähnlich.

Im Fall von Herrn Norbert M. ist die Fahndung nach einer Autobatterie am Ende in einen Prozess wegen verhältnismäßig schwerer Körperverletzung gemündet. Angeklagt war aber der andere Teilnehmer der damals fast eine Stunde lang tätigen Autobatterie-Findungskommission, ein Herr Dieter G., ein ebenfalls namhafter Pkw-Unsachverständiger, dessen Auto an dem Winter-Spätnachmittag mangels Saft auf der Elektronik den Geist aufgegeben hat. Mit einem Überbrückungskabel in der Hand hat er damals sehnsüchtig auf einen Stromspender gelauert. »Ner ja«, sagte er jetzt in der Verhandlung, »nou hodd der Moo dou mid sein Woong eibargd. Und nou binni mid mein Überbrückungskabl zu ihn hiiganger und hob nern gfrouchd, obber mer gschwind helfn kennd.« Wichtig ist dabei das Wörtchen »gschwind« gewesen – ein hierzulande sehr dehnbarer Begriff.

»Ich hob nern glei gsachd«, erinnerte sich der Norbert, »dassi mi mid den Überbrückn nedd auskenn. Und nou hodd der Moo gsachd, dass des worschd is, wall er sich auskennd.« Und so hat das Überbrückungs-Drama seinen Lauf genommen. »Als Erschdes«, so der

Norbert, »hodd der Moo ba mir undern Lenker annern Hebl zuung, nou is vorna an der Kühlerhaum wos rausgschnalzd. Und nou hodder rumbrummd, dass die Modorhaum suu aff goor kann Fall aafgäihd, wall wos dou rausgschnalzd is, des is der Einfüllschdudzn fiir die Waschanlooch.« Als Nächstes ist der Einfüllstutzen fürs Motoröl herausgeschnalzt, und als Übernächstes hat Herr Dieter G. plötzlich die komplette Motorhaube in der Hand gehabt. Unter der Drohung vom Norbert »Machen S' mer blouß mei Auto nedd hii mid Ihrer scheiß Überbrückung!« hat der Dieter die Motorhaube am Randstein abgelegt und ist in seiner Eigenschaft als Motorhaubentaucher in den Eingeweiden des Autos verschwunden. Bis es dumpf aus der Tiefe geschallt hat: »Wou issn ba Ihner die Baddrie!?« – »Wass i nedd. Ich hobs Ihner doch gsachd, dassi mi nedd auskenn!« Dann ist der Dieter aus dem Motorraum ölverschmiert wieder aufgetaucht: »Schau mer amol im Kofferraum.« Auch da hat er keine Autobatterie zum Überbrücken vorgefunden. »Nou konns bloß nu undern Rücksidz sei!« Unter den gschwind ausgebauten Rücksitzen sind Bierdosen, Bombompapierla, alte Zeitungen, gebrauchte Kaugummi und eine angebissene Kindermilchschnitte aufgetaucht, aber keine Autobatterie. »Vielleicht«, hat der Norbert versucht, die Überbrückung vorzeitig abzubrechen, »vielleichd hodd mei Auto goor ka Baddrie.« – »Ka Baddrie, ka Baddrie!!«, hat da der Dieter aus dem Kofferraum heraus gebrüllt, »ner fraali! Dei scheiß Huubl wird ka Baddrie hoom. Des is nou es aanziche Auto weldweid, wou ka Baddrie hodd! Wou issn die Bedienungsanleidung!??« Auch von einer Bedienungsanleitung weit und breit keine Spur. »Edzer wer i fei langsam belzich!«, hat der Dieter gezetert. »Erschd gäihd die Modorhaum nedd aaf, nou fläichds vo selber raus, nou hodd dei scheiß Brunskiibl ka Baddrie, nou ka Bedienungsanleidung! Hosd du den Blechhaufn bam Seifnkisdlarenner gschdulln, odder wos!!«

Da war die Geduld beim Überbrückungshelfer Norbert M. am Ende: »Edzer bausd mer meine Rücksidz widder ei, dousd die Modorhaum draff, driggsd däi zwaa Schdudzn vorna nei, in Kofferraum richdn! Und nou sougsder an andern Bläidl mid deiner gschissner Überbrückung! Ich mouß morng fräih widder in die Ärwerd!« – »Und dou«, sagte der Norbert vor Gericht aus, »hodder zu mir gsachd, dass ich ein Mordsdrimmer Oorschluuch bin und hodd mer sei Überbrückungskabl am Kubf hiig'haud. Und die Modorhaum affs Schienbein gschmissn.« Wegen schwerer Körperverletzung und Beleidigung wurde der verhinderte Überbrücker Dieter G. zu drei Monaten auf Bewährung verurteilt. Ob er, fragte der Angeklagte zum Schluss noch, wenigstens jetzt erfahren dürfe, wo im Norbert seinem Wagen die Batterie versteckt sei. »Des wer i Ihner grood aff die Noosn bindn«, antwortete ihm der Norbert. »Weecher mir schdeggsd der dei Überbrückungskabl in Zukumbfd in Oorsch nei, obber nie mehr an mei Baddrie hii.«

Der verschaukelte Chef

Nur selten ist es untergeordneten Mitarbeitern einer Firma vergönnt, sich eines Tages für erlittene Schmach bei ihrem Vorgesetzten in angemessener Weise erkenntlich zu zeigen. Der im Controlling-Bereich tätige Matthias L. ist in so einen beneidenswerten Genuss gekommen, musste sich dafür aber jetzt vor Gericht verantworten. Weil er seinen Abteilungsleiter, Herrn Christoph M., im Rahmen von dessen Verabschiedungsfeierlichkeiten in den von jedermann sehnsüchtig erwarteten Ruhestand in starke Schwingungen versetzt hat.

Wie es der Brauch ist, haben sich an diesem Abend zahlreiche Freibiere, Freiweine sowie Freischnäpse in die Mitarbeiter ergossen. Auch der während seiner aktiven Zeit stets für vollkommene Alkoholenthaltsamkeit im Dienst eintretende Ex-Abteilungsleiter soll schon einen ansehnlichen Qualm im Gebälk gehabt haben, wie er sich zu fortgeschrittener Stunde zur Schöpfung frischer Luft ins Freie auf den zum Gasthaus gehörenden Kinderspielplatz begeben hat und dort aus unerfindlichen Gründen in eine aus einem Autoreifen bestehende Schaukel gekrabbelt ist.

Dazu muss man wissen, dass Herr Christoph M. konisch geformt ist. Infolgedessen ist er plötzlich wie ein Bfrobfn in dem Autoreifen gesteckt. Versuche, sich aus der Zwickmühle zu befreien, haben ihn nur noch fester hineingezwängt. Und wie er in dem Reifen unten mit den Füßen gezappelt und oben mit den Armen gerudert hat, ist sein ehemaliger Lieblingsdoldi Matthias L. auf dem Spielplatz erschienen. Ursprünglich zur Inhalation einer Zigarette.

»Ich bin edzer ungefähr dreißg Jahr in der Firma«, äußerte sich der Matthias jetzt vor Gericht, »und ich hob auch schöne Stunden erlebt. Obber mit Abstand es Schönste is gween, wäi ich unsern Bressagg dou in den Autoreifen schwabbln hob seeng.« Mit Presssack war Herr Christoph M. gemeint.

»Helfn S' mer gschwind«, hat der Christoph damals den Matthias angestöhnt, »ich kumm nedd raus!« – »Ja und dou hob ich unsern Scheff scheint's aweng verkehrt verschdandn«, sagte der Angeklagte aus, »ich hob gmaand, der hodd gsachd ›Ich kumm nedd nauf‹ – also dass er schaukeln hodd wolln.« Und fügte dann noch hinzu: »Ner ja, und dann hobbin halt bam Schaukeln a bissala g'holfn.«

»A bissala« ist aber leicht untertrieben gewesen. Angeblich mit den Worten »Zwei Abmahnungen hobbi vo dir Gnaller gräichd!« hat der Matthias den Herrn Altabteilungsleiter an den Füßen in die Höhe gezogen und ihn mit einem gewaltigen Schwung in die Gegenrichtung katapultiert. Bei jedem neuerlichen Schub sollen Anfeuerungsrufe erschollen sein wie »Bläider Hund, bläider!«, »Mineralwasser-Depp, gschbridzder!« oder »Obacht, edzer derfsd Karussell foohrn, du Aff!« Dabei hat der Matthias die Schaukelseile bis zum Anschlag eingedreht und dann losgelassen, dass der Christoph in eine starke, lang anhaltende Rotation versetzt worden ist. Ungefähr eine halbe Stunde hat der Matthias seinen ehemaligen Chef kreiseln lassen, um dann wieder ins kräftige Anschieben zum Schaukeln überzugehen.

Ob es stimme, fragte ihn der Richter, dass er dem Herrn Abteilungsleiter auf seine Bitte, er möge ihn vom weiteren Schaukeln erlösen und befreien, da er dringend austreten müsse, geantwortet habe: »Wennsd schiffn willsd, nou demmer nu aweng Schiffschaukel foohrn.« – »Ja«, sagte der Matthias, »des kennd scho sei.« Und ob er ihn nach etwa einer Viertelstunde weiteren Schaukelns je eine Zigarette in die Nasenlöcher gesteckt habe? »Konn aa sei. Im Fall, dasser nachn Schaukeln anne raung hodd wolln.«

Und die Ehefrau vom Abteilungsleiter erinnerte sich in ihrer Zeugenaussage: »Früh um zwei Uhr hab ich mein Mann in den Reifn entdeckt! Und dann hobbin auch noch Unrecht dou. Weil ich gedacht hab, er is sinnlos betrunken. Dabei is er bloß so arch schwindlich gween vo den Schaukeln und Karussell fahrn. Mei armer Mann! Der is schwindlicher gween wie bei unserer Kreuzfahrt ans Nordkap!«

Der Richter wollte von Herrn Christoph M. nur noch wissen, warum er nicht um Hilfe gerufen hat. »Hobbi ja!«, antwortete der Ober-Controller. »Obber die ham mich scheint's drin nedd g'hört. Weecher der lauten Musik.« Und dann wurde der Matthias wegen schwerer Chef-Schieberei zu einer Geldstrafe von 1.800 Euro verurteilt. »Achdzehahunderd Euro?«, überschlug der Matthias das Angebot. »Ner ja, des woors mer scho wert.«

Der Wafflbeck

Wer allein in ein Gasthaus geht, befindet sich dort meist im stillen Dialog mit seinem Bierglas, Schweinebraten, Kalbskotelett, je nachdem; auf sonstige Gespräche legt man, zumindest nicht vor dem fünften Bier, keinerlei Wert. Mithin hätte der Solo-Wirtshaushocker Otto W. auf der Hut sein müssen, wie sich ihm an einem Herbstabend der Kosmetikartikelvertreter Horst F. mit dem Wortschwall genähert hat: »Griss Godd, gelln S', ein Scheißwetter haid widder. Und ich Depp ohne Reengschirm! Ich hobs meiner Frau den Fräi nu gsachd, stell mer in Schirm an die Gadrob, hobbi gsachd, dassin nedd vergess, in Fall, dass reengt, wall, hodder ja gmeld, Island-Tief, nä, gell. Und nerdirli hodds mer in Schirm nedd hiigschdelld. Is ba Ihner nu a Blädzla frei?«

Menschen mit Mund-Diarrhö sind bei uns selten, aber sie kommen vor. Noch bevor der Otto auf die Frage, ob an seinem vollkommen freien Tisch noch ein Plätzchen frei ist, ein »Hnnnng«, welches »Ja« bedeutet, knurren hat können, ist der Horst bereits auf Tuchfühlung neben ihm gesessen.

»Ein solchernes Sauwetter!«, hat der neue Nachbar sogleich seine Fraternisierungsversuche wieder aufgenommen, »und der Summer is ja aa scheiße gween, odder? Mir sin weechern Wetter ja extra haier nach Madeira gfluung, gell. Und wissen S', wos gween is – värzza Dooch lang Reeng! Woorn Sie scho amol in Madeira? Des g'herrd fei zu Portugal, lichd obber nedd in Portugal. In Portugal hädds nedd greengd g'habd. Obber in Madeira. Des hodd gschüdd, konn ich Ihner soong, des glaam Sie nedd. Und dou hob ich dann mei Nagelbettentzündung gräichd, gell. Hom Sie scho amol eine Nagelbettentzündung g'habd?«

Bei der Erwähnung der Nagelbettentzündung auf Madeira hat die Bedienung dem wie wahnsinnig an Schilderungen einer madeirischen Nagelbettentzündung interessierten Otto W. sein bestelltes Kassler mit Sauerkraut und Salzkartoffeln serviert. Dabei hat er mit einem scharfen Blick zum Horst hinüber beiläufig erwähnt, dass man beim Essen nach alter fränkischer Sitte seine Waffl hält. »Einen goudn Abbedidd, gell. Edz hald i aweng mei Goschn, gell«, hat ihm der Horst beigepflichtet, aber leider seinen ihm angeborenen Sprechdurchfall doch nicht derhalten können. »Wall Sie edzer dou ein Kassler Ribbla gräichd hom – wissen Sie, wos in den sogenannten Sommer in Madeira, wos dou mei große Zeher mit der Nagelbettentzündung, wos däi fiir a Farb g'habd hodd? Wenn Sie scho amol eine Nagelbettentzündung g'habd hom, brauch i ja nix soong, gell. A Farb hodd mei große Zeher g'habd, genau asuu wäi Ihr Kassler. Und vorna an der Zeherspitz hodds scho aweng gschillert. Und wenn i draff driggd hob, is undern Nagel der Eiter rauskummer. Suu gelblich-grau. Wäi die Sooß vo Ihrn Sauerkraut. Und dann gräigsd ja aff den Madeira kann gscheidn Doggder, gell. Ledzds Jahr simmer in Florida gween. Dou hommer direggd in unsern Apartmenthaus, hommer einen Doggder g'habd. Ein feiner Mann, konn i Ihner soong, gell. Immer biggobello oozuung. Obber dou hommer kann Doggder braucht. Die Nagelbettentzündung hobbi ja erschd haier gräichd aff Madeira, gell. In Zehernagel homs mer erschd dahamm widder entfernt. In Martha Maria. Wos maaner S', wos dou nu fiir ein Eiter rausgschbradzld is. Ich hob ja haid nu Schmerzen, gell. Obber der Eiter is herausn. Ka Deema!«

Jetzt am Amtsgericht schilderte der Angeklagte Otto W., dass er an jenem Abend eigentlich seine mittelfränkische Ruhe gesucht hat, unter keinen Umständen aber ein maschinengewehrartiges Gwaaf über Ärzte in Florida, über das Wetter, über vergessene Regenschirme, Madeira nauf und nunter und schon gleich gar nicht über eitrige Nagelbettentzündungen, welche frappierende Ähnlichkeiten mit seinem Kassler Rippchen aufweisen.

»Ich hob weecher den Wafflbeck«, sagte der Otto aus, »mein Teller mit meim Kassler gnummer und hob mi am Nachbertisch hiig'hockd. Und nou hodd mich der Gnaller aus Madeira stolpern loun. Blouß wall i zu ihn gsachd hob, es wär gscheider gween, sie hädd nern in Martha Maria nedd sein Zehernagel rausoperiert, sondern sei Zunger.«

Der Aussage widersprach der Horst energisch. Nie und nimmer habe er Herrn Otto W. damals im Gasthaus stolpern lassen. Vielmehr sei ihm dieser unter wüsten Beschimpfungen mit beiden Füßen genau auf die frisch nageloperierte große Zehe mehrfach und rumpelstilzchenartig draufgehupft und habe ihm die Reste vom Kassler Rippchen, Sauerkraut und Salzkartoffeln über den Kopf geschüttet. Wegen Körperverletzung muss der Otto 800 Euro Strafe zahlen. »Wall der Richter gsachd hodd: 800 Euro«, hörte man noch im Sitzungssaal den Horst elegant an das Urteil anknüpfen, »däi värzza Dooch Madeira hom pro Person fei aa 800 Euro kost, gell! Obber dou is es ledzte Wort noch nicht gsprochn, wall …« – »Wall«, ergänzte der Otto, »wall ba manche Oorschlecher es letzte Wort nie gschbrochn werd.«

Wie man am langsamsten in die Obere Schmiedgasse kommt

Dass der mittelfränkische Mensch vor lauter Maulfaulheit fast schon Spinnweben zwischen den Zähnen hat, ist ein böswilliges, vermutlich in München gestreutes Gerücht. Als weithin leuchtendes Fanal für extreme Mitteilsamkeit kann zum Gegenbeweis der 74-jährige Rentner Willi S. angeführt werden, der einen aus dem Landkreis stammenden und nicht sehr häufig in der Weltmetropole Nürnberg weilenden Autofahrer, Herrn Raimund P., durch seine Eloquenz tief beeindruckt hat. So tief, dass dieser noch ohne Navigationsgerät ausgestattete und die Obere Schmiedgasse suchende Autofahrer Raimund P. den enorm ortskundigen Willi an einem auch noch dazu sehr schneereichen Februartag unter anderem als selten blöde Sau bezeichnet hat. Zusätzlich soll es zu einer Tätlichkeit gekommen sein.

Vor dem Amtsgericht führte er jetzt aus, er, der Raimund, habe sich an diesem Tag eigentlich zunächst mit dem Fahrrad, dann mit dem Zug, mit der U-Bahn und den Rest zu Fuß in die Obere Schmiedgasse begeben wollen. »Vom Fahrrad«, erklärte er jetzt dem Richter, »bin i weecher Schneeglätte zwaamool roogfluung und hob mer derbei die Huusn aafgrissn. Es Moped vo meiner Frau is nedd oogschbrunger. Und wäi ich nou endli zu Fuß am Bahnhof gween bin, is ka Zuuch gfoohrn. Nou hobbi es Auto gnummer.« Wie sich der Raimund mit vierstündiger Verspätung der Innenstadt vorsichtig rutschend genähert hat, ist ihm von der Oberen Schmiedgasse nur so viel bekannt gewesen, dass es sie höchstwahrscheinlich gibt, weil dort ein Kunde seit vier Stunden auf ihn wartet.

Hinter einer Schneeverwehung hinterm Marientunnel hat er am Straßenrand den Willi erspäht. Fenster runtergelassen, höflich »Hallo, Sie dou!« hinausgebrüllt und dann noch »Obere Schmiedgass??« Und dann hat die Nürnberger Beredsamkeit in Gestalt des Willi S. ihren Lauf genommen. In etwa so: »In die Obere Schmiedgass wolln S'? Dou sin S' dou scho amol verkeerd, Masder!« Dann die Gegenfrage: »Zu wen wolln S' nern nou in der Obern Schmiedgass?« – »Soong S' mer, wäi i hiikumm!« »Ja, suu kummer S' ibberhabbs nedd hii. Wall, Sie mäin iibern Blärrer foohrn … odder naa, suu rum kennds aa gäih.« Sodann ist eine lange Aufzählung von Straßen erfolgt bis zur Theresienstraße, wo der Willi fei seinerzeit schon einmal gewohnt hat. Was er dem Raimund auch ausführlich geschildert hat: »Zwaa Zimmer, Küche, Bad, fiir nerblouß 380 Mark Miete. Scho warm!« Und dann: »Hald naa! Theresienschdrass gäihd nedd. Es sei denn, Sie häddn in die Stöpslgass gwolld. Des wär ganger vo der Theresienschdrass aus. Obber Obere Schmiedgass – doch iibern Blärrer. Wall, weecher die Einbahnschdrassn.« Beim Stichwort Einbahnstraße hat sich der Willi erinnert, dass es die Einbahnstraßenregelungen, Sperrungen, Fußgängerzonen früher noch nicht gegeben hat: »Wenn S' vuur fuchzehn Jahr kummer wäärn, dou wäärs ibberhabbs ka Broblem gween – Marienschdrass, Peter-Vischer-Schdrass, hinder der Frauenkerch vorbei, Obstmarkt, Theresienschdrass scharf links, glei widder rechds, Burchberch naaf … Obwohl, ba den Schnee, dou wäärn Sie in Burchberch nie … Hom Sie ibberhabbs Winterreifn? Wall Sie mäin ja in der Berchschdrass aa in Berch naaf. Drum hassds ja Berchschdrass, gell.«

Bei dem von ihm ausgelösten Straßengestöber hat sich der Willi inzwischen durch das offene Seitenfenster gebeugt und dem kurz vor der Nervenexplosion stehenden Raimund nicht nur erklärt, warum die Bergstraße Bergstraße heißt, sondern auch, dass der hiesige Stadtrat insgesamt ein Doldi ist: »Wall wenn däi vuur fuchzehn Jahr es Burchvärddl nedd dodaal abgriegld häddn, nou wäärs edzer mid der Obern Schmiedgass bragdisch ein Kinderspiel – Marienschdrass, wäi scho gsachd, Peter-Vischer-Schdrass …« Und noch bevor der Willi erneut Frauenkirche, Obstmarkt, Theresienstraße und seine Zweizimmerwohnung zu 380 Mark damals erwähnen hat können, hat der Raimund infolge seines schwachen Nervensystems Gas gegeben, in höchster Erregung die Kupplung schnalzen lassen und ist davongebraust. Mit dem durch das Seitenfenster hängenden Oberkörper vom Willi an Bord. Nur die zappelnden Beine des unfreiwilligen Lotsen haben sich im Freien befunden. »Wenn der Rambo nedd fuchzg Meter weider im Schnee schdeckn bliem wär«, vermutete der Willi. »Der hädd mi bis zur Obern Schmiedgass miidgschleifd! Wenners gfundn hädd, die Obere Schmiedgass.«

Wegen Körperverletzung wurde der Raimund zu drei Monaten mit Bewährung, knapp 2.000 Euro Geldstrafe und neun Monaten Führerscheinentzug verurteilt. »Mensch, bin iich bläid!«, schlug sich da plötzlich der Willi auf die Stirn. »Iibern Rathenaubladz wär's doch aa ganger …«

Mundraub im Parkhaus

In jeden Kleinstwagen vom Porsche bis zum Maserati sind heutzutage Hunderte von Ablagefächern hinein designt, wo man Handschuhe, Hüte, Klopapierrollen, Wackeldackel und vor allem seinen soeben dem Automaten entnommenen Parkschein verhältnismäßig griffbereit ablegen kann. Warum dann aber fast jeder das Parkhaus verlassende Autofahrer den Parkschein meistens zwischen den ursprünglich zum Reden vorgesehenen Lippen klemmen hat, ist ein großes Rätsel. Womöglich halten viele Autofahrer den Parkschein immer noch für eine kleine Zwischenmahlzeit. So hat auch den Filialleiter Thomas G. vor einigen Monaten scheint's der Hunger übermannt, welchen er beim Verlassen des Parkhauses mit dem kleinen Pappdeckel bekämpft hat. Ein karges Menü, mit 12,50 Euro Parkgebühren aber ziemlich kostspielig. Noch dazu, wo sich aus ihm jetzt zusätzlich ein Gerichtsverfahren entwickelt hat.

Dieser parkscheinwiederkäuende Thomas G. hat damals die kurvenreiche Strecke infolge akuten Zeitmangels irrtümlich für den Norisring gehalten. Auf jedem Parkdeck haben die Reifen gottserbärmlich gequietscht, der Motor hat sich stets im höchsten Drehzahlbereich befunden, und kurz vor der Zielschranke hätte er um ein Haar den zu Fuß zur Kasse schreitenden Rentner Harald L. über den Haufen gefahren.

So schilderte es jetzt in der Verhandlung jedenfalls der wegen Parkscheindiebstahls angeklagte Harald. »In ledzder Sekunde«, sagte er, »binni grood nu über den sei Kühlerhaum driiberg'hubfd. Sunsd hädds mi derwischd.« Nach dem rettenden Sprung habe er den Parkhaus-Rennfahrer lediglich gefragt: »Simmer gwiss aweng a Oorschluuch?« Und zur Antwort erhalten: »Bllld dllld

Mlll bllldl Sllll!« Recht viel mehr hat der Harald damals nicht verstanden, da sich der Thomas mit dem Parkschein im Mund nicht deutlicher artikulieren hat können. Er, der Harald, habe aber vermutet, dass es »Halt dei Maul, bläide Sau!« heißen hätte sollen.

»Gsachd hob ich ibberhabbs nix«, wehrte sich jetzt in der Verhandlung der Thomas. »Mir is nerblouß der Bargschein an die Libbn hiibabbd gween, und drum hobbi in Mund beweechd, dassin widder wechbring. Und dou derbei hodd mich der Moo numol oogschriea und mich gfrouchd, ob ich vielleichgd aweng in Oorsch offn hob.« Mit dem Parkschein im Mund ist aber auch in dem Fall eine Beantwortung der dringlich gestellten Frage nach einer eventuellen Öffnung im Analbereich nicht möglich gewesen. Jedoch hat der Rentner Harald L. offenbar auf einer Antwort bestanden. Jedenfalls hat er dem Thomas mit einem blitzschnellen Griff den Parkschein aus dem Mund gerissen, dass es auch ein paar Hautfetzen von der Lippe erwischt hat, ist mit dem Pappdeckel zu seinem Auto gerannt und sodann am Thomas vorbei zur Schranke gefahren. »Und zur Öffnung der Schranke«, fragte der Richter, »ham S' dann den Parkschein von Ihrm Kontrahentn neigsteckt, oder?« – »Ja, des wass doch iich nimmer«, antwortete der Harald. »Ich hob hald an Bargschein in der Händ g'habd, und den hobbi neigsteckt und nou bin i nausgfoohrn und hamm.« – »Dassi an Bargschein aus den Moo seiner Goschn rauszuung hob«, fügte er noch hinzu, »des schdimmd scho. Obber doch blouß desweeng, dassi versteh, wos der Moo zu mir gsachd hodd. Obber der hodd dann nix mehr gsachd.«

Zurückgeblieben ist damals ein parkscheinloser Thomas G. mit blutenden Lippen, als Arschloch abqualifiziert und anschließend in eine knapp einstündige Diskussion mit dem Parkhaus-Oberaufseher verwickelt über eine möglichst zügige Ausfahrt aus dem Parkhaus ohne Ausfahrtschein.

Immerhin hatte er sich zur Klärung des mysteriösen Vorfalls aber das Autokennzeichen von Herrn Harald L. notiert, sodass die Polizei den flüchtigen Mundräuber ermitteln hatte können. Der wurde jetzt wegen Parkscheindiebstahl und unerlaubten Entfernens vom Tatort zu einer Geldstrafe von 600 Euro verurteilt. »Normool«, äußerte sich der Angeklagte in seinem Schlusswort, »hädd i a Belohnung gräing main. Wall, wenn ich dem Moo nedd in Bargschein ausn Maul rauszuung hädd – der hädd nern in seiner Panik noogschluggd. Dou konnsd droo erstickn! Odder du verdaust nern – und wenn er nou ausn Oorsch endlich widder rauskummd: Obsd nern nou nu in den Schlidz vo den Automaten neibringsd – des is nu die Frooch.«

Bier verleiht Flügel

Die schöne Sportart Gleitschirmfliegen benötigt als Sportplatz hohe Felsklippen oder eine Steilküste und anschließend sehr viel heiße Luft und wird hierorts selten durchgeführt. Heiße Luft gäbe es reichlich, aber keine hohen Felsklippen oder Steilküsten. Stellt man aber an die Flüge mit dem Gleitschirm nicht so hohe Ansprüche, kann man auch mitten in der Stadt durchaus abheben und majestätisch zwei bis drei Meter durch die Lüfte schweben. Der Fliesenlegermeister Hans S. hat es einmal sogar in einer heißluftarmen Nacht probiert und ist jetzt vor Gericht gestanden.

Im Kreis einiger befreundeter Dämmerschöppner ist er damals bis Mitternacht im Wirtshaus gesessen, wo er gemäß polizeilichen Ermittlungen erst Mineralwasser und Apfelschorle, dann aber doch lieber Bier, Wein und einige Fluchtschnäpse in Höhe von insgesamt 2,4 Promille zu sich genommen hat. »Konn ungefähr hinkummer«, bewertete der Hans jetzt in der Verhandlung die Messwerte des Abends, »an leichdn Gwalm hobbi scho g'habd. Obber des hodd ja mid den Zwischnfall nix zum dou. Des hädd Ihner dodaal nüchtern aa bassiern kenner, Herr Richter.«

Schuld an dem Zwischenfall seien vor allem der Gastwirt Friedrich S. gewesen und das Wetter. Wie Herr Hans S. damals heimkrabbeln hat wollen, ist gerade ein Unwetter größten Ausmaßes mit heftigen Regengüssen auf die Stadt herniedergegangen. »Und nou hob ich in Wirt gfrouchd, ob er mir fiirn Hammweech gschwind einen Reengschirm leiher konn. Und nou hodder zu mir gsachd – wördlich, Herr Richter –, ich soll nern aweng am Oorsch leckn. Und nocherdla hob ich zu ihn gsachd, dass er mich auch aweng am Oorsch leckn konn. Und nou hodder mi nausgschmissn.«

Draußen ist praktisch Weltuntergang gewesen. »Reeng«, schilderte der Hans das Tiefstdruckgebiet, »Reeng hodd mer dou nicht mehr soong kenner. Wenn S' zufällich scho amol in Dorondo gween sin, Herr Richter. Ba den Niagara-Wasserfall – wenn Sie sich dou drunderschdelln müssn däädn, odder woss, under den Niagarafall – genau suu woors in dera Nacht, wassermäßich.« – »Ner ja«, fuhr Herr Hans S. fort, »nou binni erschd under der Tür gschdandn und hob a Taxi ooruufn wolln. Hob obber mei Händy vergessn g'habd. Binni widder nei, hodd mi der Wirt widder nausgschmissn.« Und bei der zweiten Abschiebung hat der Hans dann seine Rettung entdeckt, in Form eines riesigen Biergartenschirms, der draußen an der Hauswand gelehnt ist.

Den im Durchmesser vielleicht fünf Meter breiten Schirm hat er mit letzter Kraft aufgespannt, ist einige Meter die leicht abschüssige Straße hinuntergetaumelt und hat so den niagarafallartigen Wassermassen getrotzt. »Und nou«, schilderte er das dramatische Finale seiner Flucht vor der Sintflut, »is des mit den Orkan kummer. Besser gsachd: Ein Dornado is des gween, Herr Richter, odder Daifun odder Hurrikahn odder wos. Mich hodds mid den Schirm houchg'huum und dervoogweht, dass alles zer schbeed gween is. Ich glaab, mindestens zwanzg Meter hoch hodds mich in die Lüfte naafgwirbld. Wie weit dassi gfluung bin, wass i nedd. Ich wass blouß nu, dass ich dann aff den Mobedfahrer gelandet bin.« Nach Berechnungen des Gerichts ist der Biergartenschirmflieger Hans S. nicht 20 Meter hoch in die Lüfte gewirbelt worden, sondern vielleicht 20 Zentimeter. Die Angabe seines Landeplatzes aber ist korrekt gewesen: Er ist auf seinem Blindflug zusammen mit dem Gartenschirm auf den gerade vorbeiknatternden Mopedfahrer Harald K. gerumpelt. Und zwar dergestalt, dass der Schirm sich in dem Mopedfahrer verfangen hat, wodurch dieser dann, ebenfalls vorübergehend blind, in ein Schaufenster hineingebrettert ist, sich dabei aber durch den Schutz des Gleitschirms nur leichte Schnittverletzungen an der Hand zugezogen hat.

Wegen Trunkenheit im Straßen- und Flugverkehr und wegen des Diebstahls eines ziemlich kostbaren Wirtshausschirms ist der Hans, der seit seinem Jungfernflug von den Stammtischkameraden »Lufthansala« gerufen wird, zu zwei Monaten auf Bewährung und einer Geldbuße von ungefähr 1.400 Euro verurteilt worden. In seinem Schlusswort kündigte er an, dass er wahrscheinlich in die Berufung geht. »Wall«, sagte er, »ich hob den Schirm nedd gschdulln, sondern nerblouß ausgleiht. Drum hassder ja auch Gleitschirm.«

Die singende Anhängerkupplung

Das A und O bei einer längeren Fahrradexpedition, zum Beispiel Gibitzenhof–Oberhembach und zurück, ist die richtige Ausrüstung. Also nicht die windkanalerprobte Presssackhose, aerodynamischer Stahlhelm, hautenges, atemberaubendes Gelbes Trikot und so weiter, sondern, im Fall von Karlheinz K. und Paul H., eine Beleuchtung, eine Luftpumpe, ein Flickzeug. Dass ein Fahrradreifen aus Gummi besteht, auf eine Glasscherbe treffen kann und dadurch sein Leben aushaucht, beziehungsweise -pfeift, haben die zwei Ausflügler jedenfalls nicht bedacht. Als einziges Werkzeug haben sie am Gepäckständer einen Kasten Bier mit sich geführt. Jetzt vor Gericht haben sie die verkehrte Wahl ihres Equipments sehr bedauert. »Wall«, sagte der Karlheinz reumütig, »in Oberhembach hädds auch ein Bier geem. Dou hädd mers nedd bis in die Oberpfalz schlebbn braung.«

Wie viel Liter Bier ein Radler auf 100 Kilometer verbraucht, ist noch nicht gänzlich erforscht. Im Fall vom Karlheinz und vom Paul weiß man nur, dass sie am Heimweg pro Mann um die 2,5 Promille getankt hatten, polizeilich gemessen, und zwar in der Gartenstadt. Der Zeuge Franz D. hat damals gegen 23 Uhr seinen Hund zur Düngung geführt. Ihm hat sich dabei folgender seltene Anblick geboten: Ein unbeleuchtetes, Schlangenlinien fahrendes Rad, darauf sitzend ein Herr mit einem Fahrradschlauch um den Hals gewunden, am Gepäckständer ein weiterer Herr rückwärtsgewandt thronend, der in der einen Hand ein Vorderrad hochgehalten hat, dahinter das restliche Fahrrad rollend, in der anderen Hand eine Flasche Bier. »Suu lang dassis g'heerd hob«, sagte der Zeuge Franz D. aus, »homs gsunger *Hoch auf dem gelben Wagen.* Und dann hodds an Drimmer Schlooch dou, a Schrei, und dann hodd mer nix mehr g'heerd. Nerblouß nu korzz dernouch die Polizeisirene.« Das Erscheinen eines singenden Geisterdreirads erklärte der Karlheinz jetzt vor Gericht so, dass sein Co-Pilot, der Vorderradhalter Paul, am Faberhof einen Platt'n gefahren hat. Der Paul sei mit dem luftleeren Reifen ungefähr noch einen Kilometer weit gekommen, dann habe sich der ursprüngliche Achter im Vorderrad auf einen Sechzehner, wenn nicht sogar Zweiunddreißiger erweitert, sodass an ein Fortkommen nicht mehr zu denken gewesen ist. »Ner ja«, sagte der Karlheinz, »Flickzeich hommer kanns g'habd, in mein Händy is der Akku leer gween, hamm hommer gmäißd – also, wos willsdn machn?« Zum Beispiel einen vorbeikommenden Auto- oder Radfahrer anhalten, sagte das hohe Gericht. »Hommer gmachd«, antwortete der Karlheinz, »an Radfahrer hommer oog'haldn. Der hodd gsachd, dasser edzer vo unsern Atem glei bsuffn werd, und nou isser weitergfoohrn.« – »Nou hommer«, fuhr er fort, »in Paul sei Vorderrad mid der Händ rausmondierd, in Schlauch rausgworschdld. Und den Schlauch hommer nou aufblousn wolln. Obber in des scheiß Fendil bringsd ja middn Mund nix nei. Vuur lauter Blousn is mer gscheid schlecht worn, dassi schbeier hob mäin.«

Nach dem Speien hat der Paul vorgeschlagen, dass man ein Tandem bildet: Der Karlheinz als Vordermann, der Paul rückwärtsgewandt am Gepäckständer vom Karlheinz praktisch als Anhängerkupplung für sein defektes Fahrrad. »Des is einwambfrei ganger«, verteidigte der Karlheinz seinen Abschleppdienst, »blouß aamol simmer aus Verseeng in Wald neigfoohrn und umgfluung. Obber der Buudn is schäi weich gween.«

In der Kurve beim Südfriedhof hat von einem weichen Boden aber keine Rede mehr sein können. »Dou däär«, sagte der Karlheinz, »obber aa nix bassierd. Obber nou hodd der Paul hind am Gebäggschdänder scheint's es letzte Fläschla Bier aafgmachd und suu arch gwaggld derbei, dass ich middn Vorderrad in die Schdrasserbooschiener neikummer bin. Und dann wassi nix mehr.«

Wegen Trunkenheit am Fahrradlenker und am Gepäckständer wurden der Karlheinz und der Paul zu je 2.400 Euro Geldstrafe verurteilt und zu neun Monaten Führerscheinentzug. »Des hobbi edzer aa nunni g'heerd«, kritisierte der Paul das Urteil, »dass eine Anhängerkubblung zu neun Monat Führerscheinendzuuch verurdeild werd.«

Der Mann mit dem Schweinebauch

Mit der Vergabe von Vornamen muss man auf der Hut sein, wie die Vergangenheit lehrt. Zum Beispiel vor dem Mai 1945 auf die Welt gekommene und getaufte Adolfe haben schon im Juni desselben Jahres nicht mehr Adolf heißen wollen. Hinfort sind sie Adi, Dolfi oder auch Dolferla genannt worden. Ob der heute vierjährige Nigel Haberzettel (Nachname von der Änderungsredaktion geändert) eines Tages einmal Niggi oder Gel oder Gelberla gerufen wird, sei dahingestellt. Schwierigkeiten wegen seines Vornamens, der wahrscheinlich vom Teufel auf der Geige Nigel Kennedy hergeleitet wird, hat es jetzt schon gegeben. Wie Herr Sebastian H., der Großvater vom Nigel, mit seinem Enkelsohn einen in der Nähe des Kindergartens befindlichen Stehimbiss aufgesucht hat.

Jetzt ist der Grandfather vom Nigel vor Gericht gestanden, wegen zwei oder drei Backpipes, Backpfeifen.

Der Backpfeifenempfänger, Herr Rudolf S., erinnerte sich in der Verhandlung daran, dass die späteren Kampfhandlungen zunächst in ausgesprochen freundschaftlicher Atmosphäre begonnen hatten. Jeder der beiden erwachsenen Herren hätte sich einen Pappbecher Bier gegönnt, der Rudolf zusätzlich noch eine Currywurst plus Verdauungsmagenbitter, der Knabe Nigel habe währenddessen Tauben gejagt. Bis der Großvater geschrien hat: »Neidschl! Lass edzer die Daub'n ihrn Rouh! Schau, dassd herkummsd!« Und dann noch einmal: »Neidschl! Gäihsd du edzer her! Gräigsd an Schoglood, Neidschl.« Worauf dem Rudolf der erste zügige Schluck Bier beinahe wieder hochgekommen wäre und er dann den Sebastian gefragt hat: »Wäi hassd Ihr Glanner!?« – »Des is nedd mei Glanner«, hat der Sebastian gebrummt, »des is mei

Enkerla. Und wenn S' Ihner nix ausmachd – der hassd Neidschl.« Der Rudolf darauf: »Neidschel? Neidschel? Reden Sie Ihr Enkerla gwiss middn Nachnamer an?« Der Sebastian: »Suu a bläids Gwaaf. Der hassd middn Vuurnamer Neidschl. Gschriem werds N I G E L. Und soong doud mer Neidschl. Des is glaabi Englisch.«

Nach einigen Minuten nachdenklichen Schweigens geruhte der Rudolf anzumerken, dass er noch nie im Leben einen Neidschl kennengelernt hat. Diese Bemerkung hätte er sich vielleicht besser gespart, denn nur kurze Zeit später hat er einen Neidschl in beeindruckender Weise kennengelernt. Der Vornamensvetter des Teufels auf der Violine ist nach einem weiteren Lockruf seines Großvaters zum Stehimbiss gerannt, wo er vom Rudolf mit den Worten empfangen worden ist: »So, so, du bisd also es Neidscherla, Heidschi Bumm Beidscherla.« Daraufhin hat das Neidscherla sich auf die Zehenspitzen gestellt, auf die Stehimbiss-Theke gelangt und als Halt aus Versehen den Plastikteller mit dem Rudolf seiner Currywurst erwischt. »Nou is die Körryworschd«, sagte der Rudolf aus, »im Dreeg drundn gleeng, und iich hob des ganze Kedschubb aff meiner hellblauer Huusn g'habd. Und in den Momend, wou ich mich buck, dassi die Körryworschd widder aufheb, in den Moment is mer eiskalt in Buckl noogloffn. Hodd mir der Ruuzleffl vo einen Neidschl, hodd der mir mein Babbbecher vull Bier in Hemmerdgroong neigschidd!« Und wie der nervlich schon ziemlich angeschlagene Stehimbisser sein biergetränktes Hemd ausgezogen hat, ist dem Neidschl oder Nigel der freudige Juchzer ausgekommen: »Opa, Opa! Der Onkel schaut am Bauch aus wie die Mama-Sau Grunzi in mein Bilderbuch!« Es sind also drei nicht ganz glückliche Umstände im Nervensystem vom Rudolf fast gleichzeitig aufeinandergeprallt: das Ketchup auf der Hose, das Bier im Hemd und der Vergleich mit der Mama-Sau Grunzi im Nigel seinem Bilderbuch. »Und nou«, sagte der Rudolf, »nou hobbi in Neidschl anne aff die Finger g'haud.«

»Ja fraali, aff die Finger g'haud«, meldete sich da der Großvater Sebastian H. zu Wort. »Der hodd hiizind, dasser mein Neidscherla ball in Arm brochn hädd. Und oogschriea hoddern vielleichd. Dassern gleich eine Mama-Sau Grunzi gibt! Und wer edzer dou die gräißere Sau is, er odder der Neidscherla Bumm Beidscherla, hoddern oobrülld, mein Glann. Und nou hobbi den Moo anne neig'haud.« Ob es eventuell auch drei Schelln gewesen sein hätten können, fragte der Richter nach. »Jawoll«, sagte der Opa, »kenner aa drei gween sei. Vier odder fümbf wäärn nu besser gween.«

Der Richter schloss sich in etwa der Meinung vom Großvater an und sprach den Sebastian vom Vorwurf der Körperverletzung frei. Die drei Schelln seien im Affekt, im verständlichen Erregungszustand eines fürsorglichen Großvaters, auf den Rudolf herniedergegangen. Nach dem Freispruch nahm der Sebastian draußen vor dem Sitzungssaal den mit seiner Mama wartenden Nigel zärtlich in die Arme. Und wie der Rudolf an den beiden vorbeirannte, sagte der Nigel: »Opa, gell, des is der Mann mit dem Schweinebauch. Grunzerla-Hunzerla-Brunzerla!« Kinder lernen sehr schnell.

Kann ein Presssack in Gärung übergehen?

Genau hat es nicht ermittelt werden können. Aber überschlägig, über den Gaumen gepeilt, sollen dem Prozess gegen den im Ruhestand befindlichen Konfetti- und Luftschlangenhersteller Manfred D. mindestens 20 Schnäpse zugrunde gelegen haben. Vermutlich doppelte. Jedoch beharrte der Angeklagte darauf, dass diese immense Anzahl geistiger Getränke völlig aus der Luft gegriffen ist.

»Kenner Sie«, fragte er den Vorsitzenden in vertraulichem Ton, »kenner Sie Grimm's Märchen?« – »Und zwar nicht die Märchen vo die Gebrüder Grimm«, fuhr er fort, »sondern des Getränk ›Grimms Märchen‹?« Der Richter kannte es nicht, sodass es der Manfred im Zusammenhang mit seinen berüchtigten Ausschweifungen erklären musste: »Des hodd seinerzeit der Sigi Grimm erfunden. Des is der Wirt im aldn Club-Haus gween. Und zwar is des ein doppelter Asbach gween – also nicht der Wirt, sondern sei Spezialgetränk. Also numol: a doppelter Asbach, a Zitronerscheim oomer draff und aff der Zitronerscheim a Löfferla vull Kaffeepulver. Suu ähnlich wie der Nikolaschka.«

Der Amtsgerichtsrat unterbrach den Manfred dahingehend, dass ihn die Historie von »Grimms Märchen« oder Nikolaschka überhaupt nicht interessiert. »Des wird Ihner obber indressiern mäin«, belehrte ihn Herr Manfred D., »wall vo den ›Grimms Märchen‹ hob ich amol einen solchn Zibfl Rausch g'habd, dass ich nie mehr in mein Leem einen Schnabs drunkn hob. Und wenn ich edzer wergli einen Schnabs drunkn hoom hob solln, nou woor des blouß weecher den scheiß Bresssagg.«

Von dem Presssack wusste das hohe Gericht ebenfalls nichts, und so musste der Manfred erneut weit ausholen.

Dass er vor einiger Zeit seinem Freund Georg R. gegenüber behauptet habe, Presssack sei seine Leibspeise, ihn könne er zu jeder Tages- und Nachtzeit zentnerweise fressen. Und dass dann der Georg laut lachen habe müssen – nicht einmal pfundweise könne er, der Manfred, einen Presssack fressen. »Ja, und nou hommer gewettet. Um 100 Euro. Dass ich innerhalb vo zwaa Stund fümbf Bfund Bresssagg ess. Ohne Brot, nerblouß mit Sembf.«

Die ersten 100 Gramm Presssack sind damals zügig durch die Speiseröhre gerutscht, die zweiten 100 Gramm auch, aber ungefähr bei Erreichen der ersten Pfund-Grenze hat der Manfred dringend zu einem Presssackverdünnungsmittel greifen müssen, in Gestalt eines original Pretzfelder Kirschengeistes. Trotz erheblichen Aufstoßens hat aber die letzte Scheibe Presssack innerhalb des Zeit-Limits die Ziellinie im Hals erreicht, in Begleitung vermutlich der schon erwähnten 20 doppelten Kirschgewässer. Danach hat der Wettsieger mehr mit Hilfe der Knie als der Füße das Gasthaus verlassen, sich in einem nahen Schuhgeschäft in zirka 10 Paar im Freien ausgestellte Schuhe hinein übergeben müssen, ist dann, flehentlich nach einem Eimer schluchzend, in den Laden gekrochen, wo er noch einmal in hohem Bogen gespeit und sich anschließend in einem Schuhregal zur Ruhe gebettet hat. Am Nachmittag gegen 14 Uhr. Beim Erscheinen eines Polizisten hat er erneut donnernd rülpsen müssen, wobei aus dem im Regal kauernden Wandervulkan noch einmal ein bisschen Lava ins Freie gedrungen ist, direkt auf die Uniformhose des Staatsbeamten. Anschließend hat er dem erstaunten Polizisten auf dessen barsche Frage, ob er was getrunken habe, geantwortet: »Jawoll! Fümbf Bfund roudn Bresssagg mit ohne Brot. Obber edzer gäihds mer scho widder besser.«

Von zusätzlichen 20 Kirschgeist wollte Herr Manfred D. auch jetzt vor Gericht immer noch nichts wissen. Die Frage seitens des Gerichts, woher dann die amtlich ermittelten drei Promille stammen könnten, erklärte der Manfred dem Vorsitzenden folgendermaßen: »Des wass i aa nedd, Hochwürden. Vom Schnabs kenners jedenfalls nicht kummer, wall i allerhäigsdns an aanzichn drunkn hob. Odder zwaa. Ich hobs Ihner ja scho gsachd, vo den Grimms Märchen, nä! Obber an den Dooch is ja zimmli haaß gween. Kennd sei, dass der scheiß Bresssagg bereits an Dreffer g'habd hodd. Dasser vielleichd sugoor scho in Gärung überganger is. Also dass ich bragddisch fümbf Bfund Bresssaggschnabs drunkn g'habd hob. Dou konnsd di fei ganz schäi herrichdn! Ball schlimmer wäi mit Grimms Märchen.« Da unterbrach der Vorsitzende die Sitzung, und nach einer kurzen Pause sprach er den Manfred wegen Unzurechnungsfähigkeit und schwerer Presssackumnebelung vom Vorwurf der Sachbeschädigung frei. Nur die gefüllten Schuhe muss er bezahlen. »Und die 100 Euro vo unserer Wette«, teilte ihm sein Wettpartner Georg R. noch mit, »däi gräich i fei widder. Wall die Bedingung is gween, fümbf Bfund Bresssagg fressn. Und nedd rausschbeier.«

Höflichkeit ist eine Zier

Der höfliche Umgangston kommt, wenn überhaupt, höchstens noch im Lexikon vor, wo man über ihn vielleicht die alte fränkische Spruchweisheit findet: »Höflichkeit ist eine Zier, doch weiter kommt man ohne ihr.« Grammatikalisch vielleicht nicht ganz richtig, aber inhaltlich. Einen Beleg für die Richtigkeit dieses Sinnspruchs stellt das Zusammentreffen von Barbara G. und Heidi F. dar. Frau Heidi F. hat an einem Samstag im Zug nach Neuhaus ein Mindestmaß an Höflichkeit eingefordert und ist tatsächlich nicht weit gekommen. Statt in Neuhaus hat sie bereits in Rupprechtstegen wutentbrannt den Zug verlassen.

Jetzt muss man nur noch zwei Dinge wissen: Dass 1. ihre damalige Gegenspielerin, Barbara G., mit etwa 100 Kilo Gesamtgewicht nicht gerade an Magersucht leidet, und 2. das zunächst befremdlich anmutende Wort »Moggadodde« nichts anderes bedeutet als das von der Heidi in Handarbeit angefertigte Geburtstagsgeschenk in Form einer reich verzierten Mokkatorte. Diese ungefähr 25 Zentimeter hohe Köstlichkeit, eingepackt in einen Pappkarton, hat die Heidi bei ihrer Bahnfahrt auf dem gegenüberliegenden Sitzplatz abgestellt. »Und nou«, sagte sie jetzt vor Gericht, »nou is däi Frau dou reikummer, bleibt vuur mir schdäih und feechd mich oo, ob ich nedd siech, dass sie schwerbehinderd is.« Wobei sich nachträglich herausgestellt hat: Schwer war richtig, behindert nicht. Als Nächstes hat die stark schnaufende Barbara die Heidi angezischt: »Ich hogg mi edzer dou her! Wen g'herrd nern der scheiß Grembl dou?!« Darauf die Heidi: »No, no, no! Des kommer obber auch in einen höflicheren Ton soong.« Und dann setzte sie der Barbara ausführlichst auseinander, dass es sich bei dem scheiß

Grembl um eine Mokkatorte handle, mit einem aus Marzipan gefertigten Männchen als Krönung obendrauf, welches ihren Bruder in Neuhaus darstelle. »Der feierd nemli haid sein Fuchzigsdn. Und dou bring nern ich die Moggadodde miid. Hoggn S' Ihner hald woandersch hii. Nedd dass mer mei Moggadodde nu hii machen.« Die Barbara hat sich aber nicht woanders hinsetzen wollen. »Moggadodde, Moggadodde!«, hat sie die Heidi angebrüllt. »Hom Sie an Schbrachfehler odder wos!? Schauer S', dass däi scheiß Babberdegglschachdl edzer wechraamer! Wall ich mich edzer dou hii hogg. Des is ein Schwerbehinderdnsitzblatz und ka Gebäcknetz!« Nur noch einmal hat die Heidi dringend um mehr Höflichkeit und um Erbarmen mit ihrer Mokkatorte gebeten. Und schon hat die Barbara erneut sehr laut geäußert: »Ich hogg mi edzer dou her! Dei Moggadingsbums gäihd mer am Oorsch vobei!« Diese Androhung hat man wörtlich nehmen können: Mit einem gewaltigen Blumbserer hat Frau Barbara G. ihr stattliches Gesäß auf die Mokkatorte herniedergesenkt. Und danach zufrieden festgestellt: »Wenigsdns hoggd mer schäi weich.«

Den dann erfolgten tätlichen Angriff auf die Mokkatorten-Flachpresse Barbara verteidigte die Heidi jetzt vor Gericht damit, dass sie lediglich von ihrem Geburtstagsgeschenk retten wollte, was vielleicht noch zu retten war. »Ich hob die Frau vo meiner Moggadoddn roozäing wolln, obber ich hobs kann Millimeter hochbrachd. Und nou konns scho sei, dassi in meiner Aufreechung aweng fuchdich worn bin.« – »Aweng fuchdich is gut gsachd«, präzisierte die Barbara den Kampf um die Mokkatorte. »Erschd is mer mit aller Wucht aff mein Fouß draffg'hubfd, wou i suwiesuu scho a eidriche Zeher g'habd hob. Nou hodds mi an die Ohrn und an die Hoor hochzäing wolln. Mei ganz Gsichd hodds mer zergradzd und ihrn Schirm am Kubf naafg'haud. Obber aafgschdandn bin i nedd, des glabbsd, Herr Richter.« Erst in Rupprechtstegen habe sie sich erhoben, weil sie dort aussteigen habe müssen. »Und in Rubbrechdschdeeng«, sagte die Heidi, »binni nou aa ausgschdieng, wall der Schaffner meine Bersonalien fesdschdelln hodd wolln. Und nou hobbi zu ihn gsachd, er soll läiber amol fesdschdelln, wos aus meiner Moggadodde worn is. Däi woor suu flach, däi häddi mein Bruder unter der Haustür durchschäim kenner.«

Für den eine Spur zu rabiaten Rettungsversuch ihrer Mokkatorte wurde die Heidi zu einer Geldstrafe von 1.600 Euro verurteilt. Da legte dann auch sie ihre Höflichkeit ab: »Wie ich mein Bruder sei Gschenk überreicht hob, hodder gsachd, dasser so eine Moggadodde in sein ganzn Leem nunni gseeng hodd – flach wäi a Bizza und mit einen Abdruck, wäi wenn si a Elefant vull mid sein Oorsch draffg'hoggd hädd …«

Der Bierflaschenzug

Wie ein Blitz aus vollkommen heiterem Himmel, praktisch von einer Zehntelsekunde auf die andere, herrscht in Deutschland auf einmal ein Fachkräftemangel. Womöglich liegt es daran, dass in letzter Zeit keine Fachkräfte ausgebildet worden sind.

Eine angenehme Ausnahme im Millionenheer der völlig unausgebildeten Laienkräfte stellt der ehemalige Zimmererpolier Rudolf W. dar, welcher nicht nur im mittelfränkischen Dachstuhlwesen äußerst bewandert ist, sondern seit seinem akuten Krampfadernbefall vor einigen Monaten auch im Fach Bierkastentransport. Der Rudolf und seine Ehefrau Frieda wohnen nämlich im vierten Stock eines aufzugfreien Altbaus, wo naturgemäß ein ziemlicher Durst herrscht. Dieser wird vom Ehepaar W. in der Regel mit zwei Kästen Bier pro Woche bekämpft. Am meisten von den beiden kämpft der Rudolf und hat deswegen zweimal wöchentlich die je 20 Flaschen mit einem gefühlten Gesamtgewicht von 20 Kilo höchstpersönlich in den vierten Stock schleifen müssen. »Am Schluss is obber mit meine Baa ibberhabbs nimmer ganger«, sagte er jetzt vor Gericht, »dou hobbi im zweiten Stock immer a längere Pause machen mäin. Masdns hobbi mer nou a Fläschla zuung, ausn Kasten – is scho widder a Kilo leichter gween.«

Ganz leicht wäre der Kasten natürlich gewesen, hätte der Hermann bereits im Erdgeschoss alle 20 Flaschen leergetrunken. Aber umso schwerer wäre dann der Trinker gewesen. Und so hat sich die Fachkraft Rudolf W. eine bewundernswert ausgeklügelte Methode ersonnen: den Flaschenzug, und zwar buchstäblich. Oben im vierten Stock die an einem Balken befestigte Aufzugrolle, ein altes, 20 Meter langes Zimmererseil und ein Metzgerhaken, an dem unten im Hinterhof der Kasten Bier gehängt und sodann hochgezogen worden ist. Sehr zum Missfallen allerdings des für die Hausverwaltung zuständigen Hermann E. »Ich hobs den Herrn W. mindestens fünfmal ausdrücklich gsachd, dass des nedd gäihd, sei Zeich middern Strick in värddn Schduug naafzäing«, sagte der Hausordnungshüter als Zeuge aus. »Obber der hodd ja alles besser gwissd. Dass dou ibberhabbs nix bassiern konn, hodder gsachd, und dass er eine Fachkraft is und dass mich des im Übrichn an aldn Dreeg oogäihd, wie dass er sei Zeich in värddn Schduug naafbringt.« Die Meinungsverschiedenheiten auf dem Bierkastentransportgebiet sind dann im Lauf der Zeit derartig eskaliert, dass sich die zwei Hausbewohner, wenn überhaupt, nur noch mit so kargen Worten wie »Haumdaucher«, »Dibferlasscheißer« oder »dummgsuffner Schluckschbechd« begrüßt haben.

An einem zunächst sehr friedlichen Samstag hat der Hermann den Rudolf erneut beim Hochhieven erwischt. Und Sekunden später hat es den Hermann erwischt. Und zwar voll. »Ich konn dou fei ibberhabbs nix derfiir«, verteidigte sich der Rudolf. »Der Kasten Bier is bereits in Höhe vom zweiten Schduug gween, oomer hodd scho mei Frau gwardd, dass nern reizäichd – und nou kummd aff aamol der Herr E. aus der Diir rausgschossn und brülld mich oo, dass er mers edzer zum allerledzdn Mal sachd, dass ich nix mehr naafzäing derf. ›Edzer is Feieroomd mid dein Flaschnzuuchscheißdreeg, sunsd schebberds!‹, hodder gschriea.« – »Ner ja«, fuhr der Rudolf fort, »wos häddin nou machen solln. Hobbi halt mit mein Flaschnzuuchscheißdreeg Feieroomd gmacht und hob es Seil losgloun. Wie befohlen, Herr Richter, nä.«

Dass dann aber die Erdanziehungskraft auf die in zwölf Meter Höhe bambelnden 20 Kilo Bier wirkt, habe er angeblich in seiner Erregung irrtümlich nicht einkalkuliert. Der Hausverwalter Hermann offensichtlich auch nicht, denn statt beim Loslassen des Seils sich so schnell wie möglich aus der Gefahrenzone zu begeben, ist er stehen geblieben. »Es Rauschn in der Luft hobbi grood nu g'heerd«, sagte er, »obber es woor scho zer schbeed. An dumbfn Schlooch hobbi nu aff der Achsl gschbürt, und nou bin i erschd widder aufgwachd, wäi a Sanideeder gsachd hodd ›Brochn hodder si nix, blouß drei Flaschn Bier sin zerdebberd‹.« Der Richter wertete das angeblich befehlsgemäße Loslassen des Flaschenzugs als Vorsatz und verurteilte die pensionierte Bierlogistik-Fachkraft Rudolf W. zu einer Geldstrafe von 2.000 Euro inklusive endgültigem Seilwindenverbot. »Manche«, sagte der Rudolf in seinem Schlusswort, »manche hom die Grambfadern in die Baa, manche homs im Kubf.«

Was kann ich für Sie tun?

Das Tun ist seit geraumer Zeit eine sehr beliebte Tätigkeit, vor allem als fragwürdige Variante am Telefon, wo es im Fall eines Gesprächsversuchs den gänzlich unvorbereiteten Anrufer mit dem schönen Satz »Guten Tag, hier ist die Firma Gnall & Fall GmbH & Co KG, Sie sprechen mit Frau Dr. Dr. Benevolentia Nofretete Emilia Galotti Genz-Hinterer, was kann ich für Sie tun?« voll im Nervenzentrum erwischt.

Kenner wissen, dass diese Extrem-Höflichkeit hierorts nichts anderes bedeutet als »Wos will nern edzer der Depp scho widder?«, antworten auf die während eines 14-tägigen Selbstfindungsseminars auswendig gelernte Tun-Frage blitzschnell mit »Nix« und legen sodann behutsam auf. Bei dem jetzt wegen diverser Verfehlungen angeklagten Kassenpatienten Martin R. ist eine solche besonnene Reaktion leider nicht möglich gewesen, da er am Tag seiner Untaten mit der Sprechstundenhilfe Waltraud A. nicht telefoniert hat, sondern ihr im Wartezimmer körperlich direkt gegenübergestanden ist.

»Herr Richter«, sagte er jetzt bei seiner Verhandlung, »ba mir is Alarmstufe Eins gween! Weecher die Hämorriden. Mir hodd der Oorsch bloud, des kenner S' Ihnen nicht vuurschdelln!« Seine Krankengeschichte interessiere ihn nicht so brennend, unterbrach ihn der Richter, er möge sich zu den Sachbeschädigungen und Beleidigungen äußern. »Ja, obber des mit meine Hämorriden g'herrd dou doch derzou! Ich, genauer gsachd: mei Hintern is doch ein Notfall gween!« Und die Sprechstundenhilfe Waltraud A. habe ihn aber keineswegs als Notfall behandelt. Vielmehr hat sie den Martin, wie es der Brauch ist, als Erstes nach Namen, Kranken-Card und

10 Euro Praxisgebühr gefragt und dann: »Was kann ich für Sie tun?« Der Martin hat es ausführlichst erklären wollen, ist aber mit einem »Nehmer S' Platz!« auf die Wartebank verwiesen worden, zum Hinsetzen.

»Ich hob der Frau nou ergläärn wolln, dass ich mich obber weecher meine aafbladzdn Hämorriden nedd hiihoggn konn. Obber nou hodd däi grood telefoniert. Also ich schädz amol, des woorn ungefähr zwanzich Gespräche.« Und jedes Mal habe er sich nach dem Läuten anhören müssen: »Hier ist die Praxis Dr. Sowieso & Kollegen, Sie sprechen mit Frau Waltraud A., was kann ich für Sie tun?« Durch die Ohren vom Martin, hinauf ins Hirn, hinunter in seinen hämorridalen Schmerz hat sich massiv die Dauerfrage gewälzt: »Was kann ich für Sie tun?«

Da ein Wartezimmer vor allem daher seinen Namen hat, weil man in ihm warten soll, hat der Martin dort im Stehen etwa eine Stunde ordnungsgemäß gewartet und zunächst geduldig den zahlreichen Was-kann-ich-für-Sie-tun-Fragen gelauscht. Dann ist seine Geduld erschöpft gewesen. Ganz kurzen, vorsichtigen Schrittes – wegen der Hämorriden – hat er sich noch einmal zur Theke vorgearbeitet, wo ihn die Sprechstundenhilfe keinesfalls überraschend mit der Frage konfrontiert hat: »Was kann ich für Sie tun?«

»Wos Sie für mich tun kennen«, hat da der Martin wie am Spieß gebrüllt, »Des konn i Ihner scho soong!! Sie kennen mich edzer am Oorsch leckn tun!!! Und zwar vo oomer nach undn und vo undn nach oomer. Und ba der Geleengheit kenner S' mer nou glei meine aafbladzdn Hämorriden wechbeißn tun.«

In dem Moment ist erneut ein Telefongespräch hereingekommen, samt der Anfrage, was Frau Waltraud A. für den Anrufer tun könne. Aber der Martin hat weiter gewütet: »Was kann ich für Sie tun?!! Was kann ich für Sie tun?!! Ihr Maul kenndn S' amol haldn tun, Tunnerwedder nei!!« Und hat dann noch die eher medizinische Frage nachgeschoben: »Soll i mer edzer vielleichd meine Brombeern am Oorsch mit der Beißzanger abzwickn, odder wos??! Und dernouch mei Furchn zougipsn? Odder an Bfrobfn neischäim?! Mit uns Kassnbaziendn kennders ja machen, ihr Wos-kann-ich-für-Sie-Tun-Doldi!« Und beim erneuten Läuten hat Herr Martin A. das Telefongerät an die Wand geschmissen, wobei der Hörer der Waltraud voll aufs Gesicht geknallt ist.

Wider Erwarten ist der Martin erfolgreich und gnädig behandelt worden – damals vom Arzt und auch jetzt vor Gericht. Wegen Sachbeschädigung, Körperverletzung und Beleidigung hat das Gericht vier Wochenenden Strafarbeit in einer gemeinnützigen Einrichtung und knapp 1.800 Euro für angemessen gehalten. »Mehr an Milde«, teilte der durchaus einfühlsame Amtsgerichtsrat dem Angeklagten noch mit, »mehr kann ich jetzt nicht für Sie tun.«

Der frisch panierte Jogger

Radfahren ist sehr gesund, Joggen soll noch viel gesünder sein. Wenn aber ein Radfahrer und ein Jogger ziemlich genau und einigermaßen frontal aufeinandertreffen, noch dazu auf dem verhältnismäßig schmalen Fuß- und Radweg am Alten Kanal, dann kann von einer Gesundheit kaum mehr die Rede sein. Auch muss man wissen, dass man an einem Sonntagnachmittag den Kanalweg keinesfalls von der Gartenstadt aus in Richtung Worzeldorf, Wendelstein, Feucht und so weiter in Angriff nehmen soll, da zu diesem Zeitpunkt alle Kanalerer heimwärts in die Gegenrichtung unterwegs sind, teilweise mit einigen Bieren behaftet.

Der Jogger Herbert S. hat diese uralte Fahrt- und Laufrichtungsregel für den Ludwigskanal leider nicht beachtet. Ungefähr alle fünf Meter hat er vor pfeilschnellen Mountainbike-Piloten, hochbepackten Fernreiseradlern oder nicht mehr ganz nüchternen, waghalsige Balanceakte vollführenden Sixpackern seitwärts in den Reichswald hupfen müssen.

Mit Seitwärtshupfen kommt man bei viel Geduld zwar auch einigermaßen vorwärts, aber nach vielleicht zwanzig Ausweichmanövern hat es der Herbert nervlich nicht mehr ausgehalten. »A Radfahrer«, sagte er jetzt vor Gericht, »hodd doch an Lenker droo an sein Rad, odder? Nou konn doch der aa amol ausweing.« Und wie er damals den Beschluss gefasst hat, dass er bei der nächsten Begegnung nicht mehr zur Seite hupft, hat sich ihm in Höhe Worzeldorf der angeblich schon leicht übergärige Radler Harald O. genähert. Nach Aussage von Zeugen soll der Harald den eigentlich kerzengeraden Weg äußerst kurvenreich und freihändig bewältigt und dabei laut gesungen haben »a Mouß gäihd nu, aa Mouß gäihd nu nei.« Kurz vor dem Herbert ist er erst nach links ausgewichen, dann nach rechts, noch einmal nach links, ist sodann dem Herbert über die Jogging-Schuhe gebrettert und hat zum Schluss seiner Kunststückchen einen sehenswerten Halbsalto über den Lenker hinein in den Wald vollführt. »An dera Stell«, sagte der angeklagte Kunstradfahrer Harald O., »dou is obber ka Wald gween. Dou sin meterhouche Brennnesselbüsch gschdandn. Und nou hobbi mi gscheid brennd an die Baaner und an die Arm. Und der Waldläuferheini dou, der hodd nu rechd dreggerd glachd. Und nou hobbi zu ihn gsachd, er soll mer wenigsdns aus die Brennnessln raushelfn. Wenn er mi scho neigschmissn hodd, der Gaaferer.«

Und wirklich hat ihm, trotz der natürlichen Feindschaft zwischen Joggern und Radfahrern, der Herbert die Hand gereicht. »Und wäi er mich hochzäing hodd wolln, dou mouß er irchndwie ausgrudschd sei und is nou aa in die Brennnessln neigfluung. Mehr woor nedd, Herr Richter.«

Mehr war aber angeblich schon. »Ich Depp«, sagte der Jogger Herbert S., »hald dem Rambo aa nu mei Händ hii! Und nou hodder mi mit aller Kraft in die Brennnessln neizuung und sich nou mit seine zwaa Zentner aff mich draffg'hockd, dass i ball ka Lufd mehr gräichd hob. Vo undn die Brennnessln, vo oomer den sei Elefantn-Oorsch aff mein Kubf – iich konns Ihner soong, Herr Richter, ich woor in Todesangst!« Wie er sich von der schraubstockartigen Mund-zu-Arsch-Beatmung endlich befreien hat können, hat der Harald den nur mit einem windschnittigen Laufhöslein bekleideten Jogger mehrere Minuten lang in den Brennnesseln gewälzt und gewendet wie ein zukünftiges Wiener Schnitzel in Eigelb und Semmelbröseln. Und so ähnlich, frisch paniert, hat der Herbert nach der Brennnessel-Ganzkörpermassage auch ausgeschaut. Oder so, wie wenn Scharlach, Masern, Windpocken und Mumps bei ihm gleichzeitig ausgebrochen wären. »Wäi ich hammkummer bin«, sagte der Herbert, »hädd mi mei Frau beinah nedd neigloun, walls mi nimmer kennd hodd, suu hob ich ausgschaud!«

Eine Blutprobe ist aber beim Harald damals nicht vorgenommen worden, und wer jetzt wen mittels Brennnesselabreibung intensiver und länger gebrannt hat, konnte das Gericht nicht mehr zweifelsfrei klären. Der Radler Harald O. wurde freigesprochen. »Anne genger hald in die Bfiffer«, sagte er zum Abschied, »und andere genger läiber in die Brennnessln. Alles zwaa konn obber gfährlich sei.«

Rentner-Schnalzing und Käskoung-Jumping

Früher hat sich der Fun beim Sport ziemlich in Grenzen gehalten. Heute hat die Zeitvertreib-Industrie aber Gott sei Dank Fun-Sportarten ohne Ende erfunden, alle zwei Wochen gibt es was Neues – vom Steilwand-Klöppeln über Geröll-Rutsching, Hauswand-Climbing, Gullydeckel-Weitwurf bis hin zum Hochgeschwindigkeits-Bubbeln. Zum Beispiel Slacklining, wo man von einer relativ slack gespannten Wash-Line, also Wäscheleine, aus beim Balancieren unzählige Mal auf die Waffel geflogen ist, gehört schon fast wieder der Vergangenheit an. Der gelernte Facility-Manager Fredy R. gehört zu den Pionieren des gehobenen Strickhupfens und übt diese Fun-Sportart aber heute noch mit großer Begeisterung aus.

Jetzt hat er, der vollkommene Beherrscher eines Double Knee Drops oder Half Dane Low, sogar zwei neue Disziplinen erfunden, nämlich Rentner-Schnalzing und Käskoung-Jumping. Vor Gericht hat er nun diese zwei interessanten Übungen erklären dürfen. »Seit fünf Jahr«, sagte er, »gäih iich edzer in des glanne Wäldla am Dutzendteich und dou slacklinen. Dou wird mer nerdirli scho amol vo die Laid gfrouchd, wos des fiir an Sinn hodd, wemmer a Seil zwischer zwaa Baim schbannd und nocherdla vo den Seil dauernd roofläichd. Obber suu bläid wäi der Moo dou is mer nu nie anner kummer.«

Bei dem »Moo dou« handelte es sich um den Rentner Franz-Xaver U., der an jenem Nachmittag zum Brot- und Bierzeitmachen genau unter dem Slackline-Stammbaum vom Fredy genüsslich Platz genommen und seine Köstlichkeiten wie Presssack mit Musik, Bohnensalat, Schnitzelbrot, Bier, Thermoskanne mit Kaffee und den erwähnten Käsekuchen ausgebreitet hat. Mit den Worten

»Des is mei Baum, kenndn S' Ihr War nedd a boor Meter weiter droong? Gibt doch nu mehr Baim dou!« hat der Fredy den Franz-Xaver in der landesüblichen Höflichkeit um einen Standortwechsel gebeten. Der Franz-Xaver hat ähnlich höflich zurückgefragt: »Hom Sie gwiss aweng in Oorsch offn?! Ob des Ihr Baum is, des is mir fei suwos vo scheißbrunsegal! Des indressierd mich suu brennend, wäi wenn am Nordpol a Sack Eiswürfl umfällt. Blouß, dassis wissen, gell! Und edzer lässd mer mein Rouh!«

Der Fredy hat dem Picknick-Veranstalter aber keine Ruhe gelassen, sondern sein Balancierband um den Baum gwickelt und verankert, dann um einen zehn Meter weiter entfernten Baum, und hat mit dem Slacklinen begonnen. Nach der Vollführung einiger brillanter Kunststücke, zum Beispiel dem Double Knee Drop, ist er in Richtung des Baums balanciert, wo der Franz-Xaver gerade eine Gabel voll Presssack mit Musik in sich hineinbalanciert hat – und ist ungefähr aus zwei Metern Höhe abgestürzt. Voll in den dort ausgebreiteten Käsekuchen mit Sahne hinein.

»Ja schbinnsd du edzer a bissala, Balangsier-Zibfl bläider! Hubfd der Gnaller vull in mein Käskoung nei! Sollin edzer gwiss vo deine Schouh runderluudschn, odder wos?! Oorschluuch! Wos is nern edzer des fiir eine Sportart, gwiss Käskoung-Zielschbringen odder wos?!« Und mitten in seinem Wutanfall hat der Franz-Xaver probiert, dass er die Slack-Leine mit seinem Taschenmesser durchschneidet. Was ihm aber nicht gelungen ist.

»Obber den Moo«, sagte der Fredy jetzt vor Gericht, »den Moo hosd du ja goornimmer bremsn kenner. Erschd hodder mit Bressackschdiggla nach mir gschmissn, nou hodder mi mid anner Bierflaschn bedroht.« – »Ja und nou is mer nix andersch übrich bliem«, fuhr er fort, »dassin bragdisch kampfunfähich mach. Ich hob gschwind mei Seil vom Baum wechgmachd und hob nern gfessld.« – »Gfessld is gut gsachd«, mischte sich der Franz-Xaver ein. »Der hodd mi mid sein Seil eigwicklt, dassi ball ka Luft mehr gräichd hob!« Und dann hat der Fredy das elastische Seil über einen Ast geworfen und den untendran hängenden Franz-Xaver ungefähr eine Viertelstunde lang auf und ab schnalzen lassen. Und bei jedem Schnalzerer hat er seinen gut verschnürten Widersacher gefragt, wie lang er noch hupfen möchte: »Des is ein stressgeprüftes Turnierseil. Mit dem konn i di mindestens nu värzza Dooch lang rumschnalzn.« Die von Passanten alarmierte Polizei hat die Aussicht vom Franz-Xaver auf zwei Wochen Hupfurlaub zwischen Himmel und Erde aber unterbunden.

Wegen Rentner-Schnalzing, im Strafgesetzbuch als Körperverletzung eingetragen, ist der Slackliner Fredy R. zu einer Geldstrafe von nicht ganz 1.300 Euro verurteilt worden. »Mei nexds Biggnigg«, sagte der Franz-Xaver, »des mach i woohrscheins in der Sahara. Dou gibt's kanne Baim.« – »Und«, fügte er noch hinzu, »kanne suu Oorschleckleimer odder wäi däi Eichhörnla hassn.«

Mittelfränkischer Hochbrunsrekord

Personenkraftwagen, durchaus auch fahrende, soll es innerhalb städtischer Gemarkung vereinzelt noch geben, Parkplätze allerdings sind so gut wie ausgestorben. Mühselig auffindbar sind nur noch Anwohnerparkplätze, von denen ein nicht anwohnendes Auto nach zehn Minuten Verweildauer abgeschleppt wird, oder ein enges Plätzchen in einem Parkhaus, für ein Entgelt allerdings in astronomischer Höhe, also Mondpreis. Ebenfalls keinen benutzbaren Parkplatz bildet eine sogenannte Feuerwehrzufahrt. Eine dieser meist sehr großzügig bemessenen, aber nur für Löschfahrzeuge aller Art zugelassenen Abstellflächen hat an einem schönen Sommerabend der Wellness-Saloninhaber Gerd S. mit seinem Auto in Beschlag genommen.

Wenn man es genau nimmt, hat Herr S. damals auch ein Löschfahrzeug gelenkt, denn es hat in ihm das eine oder andere Kristallweizen ins Freie gedrängt, mit dem er dringend die Feuerwehrzufahrt löschen hat wollen. »Horng S', Herr Richter«, sagte er jetzt auf der Anklagebank, »des is wergli ein Notfall gween. A Värddlschdund lang binni dorddn dauernd ummern Schduug rumgfoohrn, ob nedd wou a Blädzla zum Ding is, zum Ruinieren odder wäi mer sachd. Und so wahr ich hier stehe – mir is fast scho aus die Ohrn rauskummer! Direggd schlecht is mer worn!« Womöglich wäre die Entleerung völlig problemlos am Gehsteig verlaufen, hätte der Rentner und Nebenerwerbs-Randsteinbeobachter Karlheinz R. an diesem Abend nicht Wachdienst gehabt, auf einem Sofakissen am Fensterbrettla im Erdgeschoß.

»Moment amol!«, hat er dem mit extremer Brisanz befüllten Gerd S. zugerufen, »dou kenner S' fei nedd bargn! Wall des is eine Feuerwehrzufahrt.« Der Gerd, bereits im Hosentürchenöffnen begriffen: »Wos is, Vadder!?« – »Uneingeschränktes Halteverbot! Feuerwehrzufahrt, hobbi gsachd! Heern Sie schlecht? Feu-er-wehr-zufahrt! Foohrn S' dou sofort wech!«

Vermutlich infolge des Beginns einer möglicherweise interessanten Unterhaltung hat der Gerd seinen drohenden Blasensprung völlig vergessen und den Feuerwehrzufahrtwächter gefragt: »A Feuerwehrzufahrt is des – so, so. Wann kummd nern nou dei scheiß Feierwehr?« Der Karlheinz: »No, no, no – fei nedd bambich wern, gell. Die Feierwehr kummd, wenns brennd.« Der Gerd: »Und wann brennds nern nou dou?« – »Maulaff bläider, hald edzer dei Schlebbern und schau, dassd wechfährsd!« Mit dieser letzten Warnung ist am Fenster die Ehefrau vom Karlheinz aufgetaucht: »Gäih rei, Heiner, es Essn schdäihd am Diisch! Lou doch den Doldi dou draußn waafn!«

Der Karlheinz hat den Doldi da draußen aber nicht waafen und schon gleich gar nicht parken lassen wollen. »Des will i edzer scho gwieß wissen«, brüllte er zum Fenster hinaus, »ob si dou jeder Gimbl in unser Feierwehrzufahrt hiischdelln derf. Blouß dass Sie's wissn – ich bin fräihers bam THW gween. Ich kenn mi aus!« – »Und iich«, brüllte der Gerd zurück, »ich bin bam BBK.« Ganz klar, dass da der ehemalige THW-Befehlshaber zurückfragen hat müssen, plötzlich mit deutlich respektvollem Unterton, was denn jetzt ein BBK ist. »Konni der scho soong, Depp. BBK – Bundesbrunskommando. Und ich bruns edzer dou her, blouß dassders wassd. Middn in dei gschissne Feierwehrzufahrt nei!« Und wie er seinen nicht ganz unstattlichen Feuerwehrschlauch sorgfältig entwickelt und denselben in die Höhe, in Richtung Fenster dirigiert hat, hat er auf ihn gedeutet und dem Karlheinz erklärt: »Dou schau her! Des is mei Dienstausweis vom Bundesbrunskommando – und edzer ›Wasser, marsch!‹« Der anschließende Strahl soll in seinen Ausläufern bis hinauf aufs Fensterbrett getröpfelt haben. Vermutlich mittelfränkischer Hochbrunsrekord.

»Des mäin S' Ihner amol vuurschdelln, Herr Richter«, entrüstete sich der Karlheinz, »Des alles vuur den Augen vo meiner Frau!« – »Suu a Gwaaf«, wehrte sich der Gerd, »däi hädd ja nedd herschauer braung. Wou suwiesuu es Essn scho am Diisch gschdandn is.« – »Obber scheint's«, schob er noch nach, »scheint's hoddser si fiir mei BBK-Ausrüstung brennend indressierd.«

Der immense Druck hat nachweislich von einem alkoholfreien Kristallweizen hergerührt, sodass eine Straftat wegen Alkohol am Steuer und am Fensterbrett strafrechtlich nicht verfolgt wurde, und wegen Erregung öffentlichen Ärgernisses in einer Feuerwehrzufahrt wurde der Hochseeschiffer Gerd S. zu einer Geldstrafe von 800 Euro verurteilt. »Wenns in deiner Feierwehrzufahrt widder brennd«, verabschiedete er sich vom Karlheinz, »Nerblouß 00 wähln – und scho simmer dou vom BBK mid unsere Schlaich …«

Kürbis-Skandal am Flachweiher

Bei dem zärtlichen, lautmalerischen, weitgehend mittelfränkischen Brunftruf »Edz baggerdi naggerdi!« handelt es sich vermutlich um ein örtliches Minnelied, womöglich ersonnen von den beiden städtisch geprüften Meistersingern Johnny Hechtel und Charly Fischer. Zu Beginn der Sommerszeit ist ihr poetisches Ansinnen in die Tat umgesetzt worden. Und zwar von dem hauptberuflich als Großvater tätigen Vorruheständler Thomas G., der im Anschluss an seine vielfältigen Androhungen von Frau Angelika D. angezeigt worden ist.

Die Hausfrau hat damals den ersten richtig warmen Tag des Jahres genutzt, um an den Gestaden des international berühmten Flachweihers ein Sonnenbad zu nehmen. Wie in jedem anderen Solarium auch hat sie sich den Sonnenstrahlen ohne das Oberteil ihres Bikinis dargeboten. Aber nicht sehr lang. »Horng S' amol«, hat es plötzlich über ihr und ihren schon ein bisschen an Fallobst gemahnenden zwei Freiland-Kürbissen ertönt, »hom Sie gwiss nix zum Oozäing dahamm?! Mir sin doch dou nedd in Mallorga, odder wos! Drehersersi wenigsdns rum, affn Bauch! Ich bin mid mein Enkerla dou. Der gräichd ja värzza Dooch lang Albdräume, wenner des sichd!« Die Angelika hat sich aber keineswegs auf den Bauch umgedreht, sondern weiterhin in der Rückenlage dem Opa Thomas sinngemäß mitgeteilt, er möge sein Gebrüll entweder dämpfen oder besser ganz einstellen, sich für sich und seinen Enkelsohn einen anderen Spielplatz suchen und im Übrigen während seiner tugendhaften Ansprache nicht andauernd auf ihre Oberweite glotzen. Nicht dass es ihm noch die Stielaugen aus der Fassung herausschnalzt.

Inzwischen ist schon der Enkel vom Thomas am Tatort aufgetaucht. Also hat der Opa weiterbrüllen müssen, ungedämpft: »Pauli, du gäihsd dou niiber an den Baum, wou unser Deckn lichd! Hau ab edzer!« Und zur Angelika: »Und Sie hauer aa ab. Obber aweng quickly, gell!« – »Dou schau her«, hat sich die Angelika beifällig geäußert, »Englisch konner aa, der Herr Sittenpolizist. Nou wassd vielleichd aa, wos des hassd ›Kiss my backside‹. Also lou mer edzer mei Rouh und schdeich mer aweng am Frack!« Der Thomas: »Wennsd ner an Frack oohäsd, Sulln bläide!«

Und die englische Aufforderung »Kiss my backside!« hat der Thomas ganz genau verstanden. Nach einem kurzen Blick zu seinem sich glücklicherweise entfernenden Enkel hat er der Angelika geantwortet, dass sie ihn ebenfalls und auf Bedarf auch zwei- bis dreimal voll auf die backside kissen can. »Und nocherdla«, erinnerte sich die nicht unüppige Venus von Kilo jetzt vor Gericht, »nocherdla hodder sei Drääningshuusn roozuung und hodd mir sein Drimmer Hintern fast direggd ins Gsichd neig'haldn.« – »Obber es Schennsde«, fuhr sie fort, »es Schennsde kummd ja nu. Lässd der maximal zwaa Zendimeder vuur meiner Noosn an zäing, Herr Richter! Einen deroordichn Gracher! Dassi gmaand hob, mir reißds in Kubf wech. Vom G'ruch willi goornedd reedn.« Und dann soll der Thomas die erregt aufgesprungene Angelika am Hals gepackt und leicht gewürgt haben, mit dem geflügelten Satz »Edzer baggerdi glei naggerdi!« Allerdings noch mit dem sich überhaupt nicht reimenden Zusatz »Du Dudzndeich-Schnalln, du elendiche!«

Die wütend ausgestoßenen Äußerungen gab der Thomas zu, auch die kurzzeitige Entblößung seines stattlichen Gesäßes. »Wall, wenn däi ihre zwaa Drimmer Dinger öffendlich rumbambln loun koo, nou wer ich ihr wohl aa amol korzz mein Oorsch zeing derfn. Als Gegenleistung braggdisch, nä.«

Und die Sache mit dem Einschalten seines Heck-Gebläses? Da könne er sich nicht mehr ganz genau erinnern, aber möglich hätte es schon sein können. »Wall mir hom si vorna am Dudzendeich am Kiosk zwaa Sardinaweggla kaffd. Der Schieß – des kenndn die Zwiebln gween sei.« Gewürgt habe er die Angelika aber keinesfalls, lediglich probiert, dass er sie endlich in die erwünschte und sittlich einwandfreie Bauchlage drückt. Im Fall des angeklagten tätlichen Angriffs wurde der fürsorgliche Großvater Thomas G. freigesprochen, für die Sulln, die Schnalln und für die Freilegung seines hochexplosiven Hinterns wurde er zu einer Geldstrafe von 900 Euro verurteilt. »Gäihd in Ordnung«, sagte der Thomas beim Verlassen des Sitzungssaales, »ich sooch mein Oorsch Bescheid, dass er in Zukumbfd sei Goschn häld.«

Küsse in der Nacht

Junggesellenabschiede sind noch vor wenigen Jahren in der Form zelebriert worden, dass man sich am Vorabend der Hochzeit in geselliger Runde Biere, Weine, Schnäpse in beträchtlicher Dosierung eingepfiffen und anderntags dann probiert hat, ob man auch im Zustand einer relativen Unzurechnungsfähigkeit in den Stand der Ehe taumeln kann.

Inzwischen ist der schöne Volksbrauch dahingehend weiterentwickelt worden, dass ein Massenaufgebot von Begleitpersonal zusammen mit dem Bräutigam zahlreiche Gesellschaftsspiele durchführt wie etwa Rollerfässla vom Burgberg runter, Betasten von Stripperinnen oder öffentliches Besteigen einer möglichst schweren leichten Dame, gern auch irgendwo zwischen Mallorca und den Malediven. Zudem erwarten den zukünftigen Ehemann zahlreiche, meist extrem lustige Sonderaufgaben. Am Schluss mündet aber alles, wie früher auch, in einen Zustand zwischen zwei und vier Promille.

Den Höchststand dieses Lustigkeitsfaktors hat der ehemalige Bräutigam Chris N. damals fast schon erreicht, wie die Sonderaufgaben an ihn herangetragen worden sind. Mit Detailerinnerungen war es jetzt vor dem Amtsgericht also ziemlich schwierig. »Ich wass nerblouß nu«, sagte der als Zeuge geladene Chris, »dass ich irchndwann aufgwachd bin. Innern Zimmer, des wo ich nu nie gseeng g'habd hob.« Und in dem Zimmer hat er im Spiegel ein Gesicht erblickt, das er auch noch nie zuvor gesehen hat: Zwei hefegniedleinartig aufgeschwollene, kaum erkennbare Augen, ein in Höhe und Grundfläche enorm ausladendes Walberla auf der Stirn, herabhängende stadtwurstdicke Lippen, das Ganze gekrönt von einem weißen

Mützchen, wie es auch im Vatikan getragen wird. Im Fall des Herrn im Spiegel war es aber ein Wundverband. Herr Chris N. war im Krankenhaus notgelandet.

Einige Stunden vorher ist ihm damals die Sonderaufgabe zur Absolvierung der Junggesellenprüfung eröffnet worden: Er muss auf der Straße einen ihm unbekannten Mann zärtlich an der Hand nehmen, ihm ins Ohr säuseln, dass er ihn über alles liebt, mit ihm bis ans Ende der Welt gehen möchte, und ihm sodann einen möglichst innigen Kuss verabreichen. Alles im Zustand von drei Promille.

Erwischt hat es den 74-jährigen Rentner Josef R., der jetzt wegen Körperverletzung angeklagt war. »Des mäin S' Ihner amol vuurschdelln, Herr Vorsitzender«, sagte der Josef, »Sie gänger nachds gschwind aff die Schdrass noo, Ihrn Hund Gassi führn, und aff aamol bläkt Ihner anner vo hind ins Ohr nei ›Mein Liebster, mein Liebster, ich gehe mit Dir bis ans Ende der Welt!‹. Dou zuggsd scho ganz schäi zamm, odder?!« – »Und nocherdla«, erzählte der Josef weiter, »nocherdla rülbst der mir ins andere Ohr, dassi gmaand hob, der exblodiert. Und wäi er ausgrülbst g'habd hodd, hodder widder mit mir bis ans Ende der Welt geh wolln, und dou derbei simmer nou alle zwaa hiigfluung. Bis ans Ende der Welt, der Gnaller! Der hodd ja nedd amol mehr an Meter weit laafn kenner.« Laufen nicht, aber küssen.

Zärtlich hat der Chris den Josef an sich herangezogen, ihn seinen betörenden Atem, bestehend aus einem Gasgemisch von Bier-, Schnaps- und Weingärstoffen, schon spüren lassen und den Mund zum Kuss gespitzt. »Mit der ann Händ«, sagte der Josef, »hobbi geistesgegenwärddich mei Schlafanzuuchhuusn festg'haldn. Und mit der andern Händ hobbi sei Goschn abwehrn wolln. Und dou moußer mer nou in sein Breller vull neigloffn sei. In mei Händ.« Nur vom Neilaufn in eine Hand, wandte der Richter ein, könne man aber keine zwei geschwollenen Augen davontragen, kein Horn auf der Stirn und keinen Unterkieferbruch. »Ja konn scho sei, dass in den Moment aus meiner Händ a Faust worn is. Wall wenn anner, der wou ausn Maul schdinkt wäi a Odlgruum, nachds ummer Halberzwaa dich am Ende der Welt oder wo küssen will – dou zäichd si doch in dir alles zamm, odder? Sugoor die Händ.« Es könne auch sein, dass er seiner Faust ein bisschen Nachdruck verliehen habe. Aber alles im Schock. »Ich hob ja gmaand, ich wer vergewaldichd. Und sei Zunger hodder aa nu derbei rausgschdreggd, fast bis ans Ende der Welt. Wenn i den Boum nedd vull anne neibaggerd hädd – des wär ka Zungerkuss worn, sondern a Lungenkuss!«

Nach längerer Beratung mit sich selber sprach der Amtsrichter den Josef im Namen eines Teils des Volkes frei. Nach dem angenehmen Urteil ging dieser auf den Chris mit ausgestreckter Hand zu: »Also gut, doud mer leid, verdroong mer si widder.« – »In Ordnung, Alter«, war auch der Chris zur Versöhnung bereit, »gäih her – Bussssiii!«

Der fliegende Rentner im Omnibus

Eines der ganz großen, womöglich niemals endgültig beantwortbaren Welträtsel lastet, wenn nicht auf der gesamten Menschheit, so doch auf der Zunft aller Omnibus-Chauffeure: Warum steht ein Fahrgast, der sich auf der Heimreise von München nach Nürnberg befindet, bereits auf Höhe Köschinger Forst voll bepackt vor der geschlossenen Omnibustür? Wenn er doch erst in Nürnberg-Hauptbahnhof Südausgang aussteigen möchte. Ist es die bohrende Sehnsucht nach daheim? Sind es die ca. drei Sekunden Zeitgewinn am Zielort? Oder ist es die vornehmlich in Rentnerseelen fest implantierte Siegermentalität: »Haid bin obber iich der Erschde, wou ausschdeichd!« Man weiß es nicht.

Auch der Busfahrer Bodo L. forscht schon seit Jahrzehnten, warum bei Heimfahrten aus dem Süden spätestens ab Ausfahrt Greding fast alle Reisenden ruckartig aus den Sitzen schnalzen und sich sodann 60 Kilometer lang um die Pole-Position an der Tür streiten. Jetzt ist der Chauffeur wegen seiner Forschungen vor Gericht gestanden, angeklagt wegen einer an dem Pensionisten Manfred B. vorgenommenen, ziemlich schmerzhaften Bremsprobe.

Die betagte Reisegruppe, der Herr B. angehört hat, ist damals im März von irgendeiner Tiroler Landeshängegeranienausstellung heimgekehrt. Und der Manfred hat alle bisher bekannten Omnibustür-Frühansteherrekorde deutlich hinter sich gelassen. »In Pfaffenhofen an der Ilm«, schnaubte der angeklagte Busfahrer, »is der Moo damals scho aufgschdandn, hodd sein Anoragg oozuung, in Schal, in Rucksack hodder si am Buckl gschwunger und middn Rucksack die Frau hinter ihm am Kubf droffn, dass däi ball ohnmächdich worn wär. Und ba der Ausfahrt Manching, korzz vuur Ingolschdadt, isser scho an der Diir dorddn gschdandn. Mit drei Geranienschdöckla nu in der Händ.«

Der Busfahrer Bodo hat alles genau im Innenrückspiegel beobachtet und sodann durch das Bordmikrofon durchgegeben, dass es bis Nürnberg-Hauptbahnhof Südausgang noch eineinhalb Stunden dauert und sich der scheint's in höchster Eile befindliche Omnibuswanderer sofort wieder hinsetzen soll. Weil er eine Gefahr für sich und die anderen Reiseteilnehmer darstellt.

Drei dieser Warnungen – die letzte soll gelautet haben »Hock di edzer aff dein Oorsch odder du fläigsd durch die Windschutzscheib'n!« – hat Herr Manfred B. geflissentlich überhört. »Wall«, sagte er jetzt in der Verhandlung, »wall wenn ich mir aweng die Baaner verdreedn will, dann konn des den Fahrer worschd sei.« Offenbar ist es aber dem Busfahrer Bodo L. nicht worschd gewesen. Noch ein letztes Mal hat es durch den Omnibus gedröhnt: »Hosd du an Bfrobfn in die Ohrn, odder wos?!! Hock di edzer hii, hobbi gsachd!« Und wieder hat der Manfred nicht im Entferntesten dran gedacht, seinen Startplatz zum Aussteigen aufzugeben.

»Und aff aamol«, erinnerte sich der Frühaussteiger jetzt in der Verhandlung, »aff aamol gwiedschder des, mir gänger in die Kurvn, numol Gwiedschn, a Ruck – und nou binni scho gfluung aa. Bis in die erschde Reihe vuur! Der mouß die Brems neig'haud hoom, dasser mid die Fäiß durchs Bodenblech durchkummer is.« Bei der Vollbremsung ist der Manfred also durch den Bus geflogen, die drei Blumenstöcke haben sich dabei auf einige Passagiere verteilt, sodass einem Reisenden die Topfscherben um die Ohren geflogen sind, einem anderen ist aus dem Kopf plötzlich eine Hängegeranie gewachsen. »Und ich«, weinte der Flugkörper Manfred B., »ich hob fei einen Schädelbasisbruch g'habd.« Auf Vorhaltungen des Richters hat sich der Schädelbasisbruch dann aber der Reihe nach erst auf eine schwere, eine mittlere, dann auf eine leichte Gehirnerschütterung reduziert, und am Schluss auf ein, zwei Stunden währendes Kopfweh, das aber auch durch fünf bei der Landeshängegeranienausstellung genossene Biere entstanden sein hätte können. Dass die Vollbremsung nur deswegen erfolgt sei, um den hartnäckigen Türsteher endlich flachzulegen, verwies der Busfahrer aber ins Reich der böswilligen Unterstellungen. Der Verkehrsfunk habe damals vor Glatteis gewarnt, und er, der Bodo, habe lediglich mit einer kurzen Bremsprobe die Rutschfestigkeit seiner Reifen überprüfen wollen. Er wurde vom Vorwurf einer vorsätzlichen Vollbremsung in Tateinheit mit Körperverletzungen und Hängegeranienmissbrauch im Namen des Volkes freigesprochen. Und im Namen der Busfahrer-Innung versprach Herr Bodo L. dem Extrem-Aussteiger Manfred B. nach der Verhandlung noch: »Wenn mir zwaa widder amol midnander vo Tirol hammfoohrn, gräigsd an Extra-Stehplatz am Driddbredd draußn. Nou konnsd meinerdweeng scho in Kufstein abschbringer.«

Die Eierschlacht am Gartenzaun

In verhältnismäßig lang zurückliegenden Zeiten, ungefähr kurz nach dem Urknall, muss die Welt ein ziemlich ruhiger Aufenthaltsort gewesen sein. Eine dumpfe Ahnung dieser damaligen Stille muss sich immer noch in den Genen des Malermeisters Roland S. befinden, denn er verabscheut nichts so sehr wie Geräusche. Wobei er allerdings feine Unterschiede macht. Startende und landende Flugzeuge, Schnellstraßen und einige dreispurige Autobahnen, die nicht weit von seinem erst kürzlich bezogenen Einfamilienhäuschen anscheinend sanft vor sich hinmurmeln, stören ihn keineswegs. Im schroffen Gegensatz zu den Hühnern, die sein Nachbar Bernd K. seit Jahrzehnten im Garten hält.

Bei dem Hühnerhalter hatte sich der Roland nach dem Einzug so vorgestellt: »Auf gute Nachberschaft, gell! Blouß ans nu – die Henner mäin wech, dass des gloor is!« Worauf ihm der Bernd ebenfalls eine möglichst gute Nachbarschaft gewünscht und noch hinzugefügt hat, dass er ihn betreffs der Beseitigung seiner 15 Hühner und des Hahns namens Fridolin am Arsch lecken könne. Bei Bedarf auch kreuzweise.

Jetzt musste die gesamte gute Nachbarschaft vor dem Amtsgericht erscheinen, denn die Gespräche über den Zaun hatten auch im weiteren Verlauf der Wochen nach dem Einzug an Deutlichkeit nichts zu wünschen übrig gelassen. An einem Sonntagvormittag ist es zum Höhepunkt dieser Unterhaltungen gekommen. »Haid fräih ummer Vierer«, hat der Roland über den Jägerzaun hinübergebrüllt, »besser gsachd, middn in der Nacht hodd Ihr scheiß Gieger scho widder gschriea wäi am Schbieß! Es nexd mool drehin in Hals rum!« – »Is rechd«, hat der

Bernd von der Terrasse herüber geantwortet, »Ich soogs mein Fridolin bei Gelegenheit.«

Minuten später sind sich die zwei Nachbarn direkt gegenübergestanden, und Herr Roland S. hat auf irgendein Lärmschutzgesetz verwiesen, gemäß dem die Tierhaltung angeblich verboten ist. Daraufhin hat sich auch der Bernd zunächst eines etwas gemäßigteren Tones bedient: »Schauer S' her, Nachber – Sie hom doch bei Ihner auch Tiere.« Der Roland: »Ich? Tiere? Nedd dassi wissd.« – »Nerblouß amol oognummer«, erklärte der Bernd milde lächelnd weiter, »also nerblouß amol oognummer, Ihner homs ins Hirn gschissn – wos dou dann an Tieren alles in Ihrn Kubf drinner sei kennd: Bakterien, Bazilln, Bandwürmer, Muggn. Ner ja, des woor edzer a Schbässla, gell. Schauer S' her, wos i Ihner miidbrachd hob: a ganz frisch Gaggerla, hodd grood die Berta rausbressd.« – »Ja, ja, die Berta«, ist er fortgefahren und hat dem Roland dabei das Ei über den Zaun gereicht, »mei beste Legehenner, Altsteirer Huhn, die Krönung der Züchtung.«

Der Roland hat sich aber für die Krönung der Altsteirer Züchtung namens Berta überhaupt nicht interessiert. Mit dem Hinweis, dass Hühner und Hähne in einen schalldichten Container gehören, hat er der Berta ihr dargebotenes Ei ergriffen, blitzschnell aufgezogen, und dann ist das Gaggerla in Spiegeleiform an der Hauswand vom Bernd heruntergelaufen. »Und wissen S', wos nou bassierd is, Herr Richter«, erregte sich der Hühnerzüchter jetzt vor Gericht, »nou isser in sei Haus neigrennd, korzz dernouch mit drei Eierkarddong widder kummer und hodd gschriea, dass er mir edzer die Krönung der Eierwurfkunst zeichd. Und nou hodder die dreißg Gaggerla, ans nachn andern, an mein Hauswänd hiigschmissn. Mei Frau hodd oomer ausn Fenster rausschauer wolln, wos dou suu an der Hauswänd hiigladschd – bums! Hodds scho a Gaggerla middn ins Gsicht neigräichd.« Am Schluss der Eierschlacht am Gartenzaun hat der Roland seinen Nachbarn noch wissen lassen, dass er auf die Eier von der Berta scheißt, seine Eier, die jetzt an der Hauswand vom Bernd babben, sind da erzeugt worden, wo Eier ordnungsgemäß erzeugt werden müssen, nämlich in der Norma.

Der Malermeister Roland S. ist wegen unerlaubten Eierhandgranatenweitwurfs in Tateinheit mit Körperverletzung und Sachbeschädigung zu einer Geldstrafe von 2.600 Euro verurteilt worden. Außerdem muss er die Kosten für einen neuen Verputz der Hauswand zahlen. »Es nexd mool«, murmelte der Roland beim Verlassen des Sitzungssaales, »es nexd mool fress i drei Dooch Groos, und nou scheiß i der an die Hauswänd hii. Des is nou es Muster ›Spiegleier mit Schbinood‹.«

Die rothaarige Landlust

Biologisch-dynamische Radieschen züchten, echt nur mit dem original Spulwurm, selbst gepressten Kompost ausbringen, seinem Kohlrabi das Du anbieten – die neue Landlust, auch die mitten in der Stadt, liegt wieder voll im Trend, seit man weiß, dass das Geld langsam ausstirbt.

Auch der Informationstechniker Christian R. hat vor einigen Monaten die Landlust, das schöne, beschauliche Dasein in einem Schrebergarten weit weg vom Getriebe der ehelichen Wohnung, entdeckt. Die Landlust vom Christian hat aber nicht nur aus Gartenhäuschen, Beschaulichkeit und Gemüseanbau bestanden. Seine zusätzliche Landlust ist rothaarig gewesen, hüft- und lendenstark, knackig, scharf wie ein Winterrettich, geheimhaltungspflichtig, knapp 20 Jahre jünger als er und heißt Marga.

Christian R. hat die beiden Landlüste, frisches Gemüse und heiße Küsse, insofern günstig miteinander verbinden können, als er vor allem Letztere ungefähr zweimal im Monat in seinem lauschigen Gartenhäuschen ausgeübt hat. Meistens mit den Worten »Es Ungraud im Gärddla schdäihd scho widder ganz schäi hoch« hat er sich vorzugsweise am Samstagnachmittag von seiner Frau daheim »gschwind a Schdindla bloß« in die Gartenarbeit verabschiedet. Durch einen gravierenden Strategiefehler ist Frau Gerlinde R. aber dahintergekommen, dass bei ihrem passionierten Schrebergärtner alles Mögliche ganz schön hoch stehen kann, aber keinesfalls zweimal monatlich das Unkraut.

Wieder an einem Samstag, wie dem Christian sein angebliches Unkraut dringend eine Zupfung benötigt hat, ist daheim der Ehefrau eingefallen, dass sie mit dem Auto noch zum Einkaufen fahren muss. »Ner ja«, sagte sie jetzt vor Gericht, »des woor suu, dass die Autoschlüssl an den Schlüsslbund vo die Garddenschlüssl droog'hängt sin. Ans Händy is mei Moo nedd hiiganger, und nou binni middn Fahrrad in Garddn gfoohrn.« Ein Unkraut habe sie nach der überraschenden Ankunft im Gärtla nicht gesehen, auch ihren Mann zunächst nicht. »Obber in Garddnhaisla drinner hodd jemand gschriea wäi am Schbieß. ›Allmächd!‹, hobbi mer denkt, ›mein Moo wird doch nix bassierd sei!‹ Reiß die Diir aaf – und nou hobbi gmaand, mich driffd der Schlooch. Lichd mei Moo am Buudn dorddn, und däi Schlumbl dou mid ihrn Feiermeldergsichd oomer aff ihn draff, dass die Hüddn gwaggld hodd. Alle zwaa halmi nackerd.«

Nach einigen Schrecksekunden hat sich die Gerlinde aber schnell gefasst. »Is eich gwiss aweng haaß worn bam Ungraudzubfn«, hat sie teilnahmsvoll gefragt, »wall er eich auszuung hobd?!« Und mit dem Hinweis, dass da, wo ihr Mann gerade hingegriffen hat, gar kein Unkraut wächst, hat die Gerlinde der Marga in einem Schnellkurs beigebracht, wie man Unkraut zupft. Erst hat sie mit dem an der Wand hängenden Vertikutierrechen die Marga von ihrem Mann heruntergescheucht, ihr sodann ungefähr ein halbes Kilo Schnellkomposter in die Augen gestreut und zum Schluss – die hohe Kunst des Jätens – mit schnellem und festem Griff ganze Büschel rausgerissen, allerdings nicht Unkräuter, sondern Haare. »Und nou hodds mi«, sagte die Zeugin Marga F. aus, »mid den Rechen in der Händ ausn Garten nausbrügelt. Wo ich doch dodal unschuldich bin. Wall ich hob doch nedd gwissd, dass der Christian verheirat is.« – »Ner fraali«, wetterte da die Gerlinde dazwischen, »mei Moo verdäind vierdausnd neddo im Monat und wohnt innern fünf Gwadraadmeter groußn Garddnhaisla, allaans! Ich glaab, Ihner brennd aweng der Kiddl!« Apropos Kittel – aus dem Landlust-Paradies ist die Marga mit Ausnahme einiger winzigster, drachenschnurartiger Reizwäsche-Utensilien nahezu nackt vertrieben worden. »Ich bin dann wieder zrigg, und hob gsachd, dassi meine Kleider will. Nou hodds mer mei Kostüm mit dera Akku-Heckenscher zerschniddn. Und ich hob, bloß middn Christian sein kurzn Arbeitskiddl oozuung, zu mein Auto renner mäin.« – »Hoffentlich«, erkundigte sich die Gerlinde, »hoffentlich homser si suu nackerd nix g'hulld. Wo S' doch suu arch aff mein Moo gschwidzd hom.« Wegen gefährlicher Körper- und Kostümverletzung ist Frau Gerlinde R. zu drei Monaten auf Bewährung und 1.200 Euro Geldbuße verurteilt worden. Die stark verkrautete Ehe scheint aber wieder einigermaßen gejätet zu sein. »Hobb!«, zischte die Gerlinde nach dem Prozessende ihren Mann an, »auf gäihds, gemmer! Ungraud zubfn. Obber dahamm!«

Der röhrende Kassenwart

Eine Tombola ist immer eine heikle Sache. Entweder es finden die meist daheim ausgemusterten Gewinne vom Topflappen bis zum halbvertrockneten Hänge-Alpenveilchen nicht den ungeteilten Beifall der unglücklichen Gewinner, oder es droht Ungemach, wenn ausgerechnet der Vorstand zufällig den Hauptgewinn zieht, oder jemand hat in Höhe von 100 Euro 20 kleine Papierschnipsel gewonnen in Form von Nieten. Fast jede Tombola, vor allem die bei Weihnachtsfeiern, bilden den Ausgangspunkt erregter Diskussionen.

Ob Tombola-Auseinandersetzungen schon einmal bis zum Europäischen Gerichtshof vorgedrungen sind, weiß man nicht. Im Fall des Gewinnspiels der Samstags-Haadscher, eines nicht vereinsrechtlich eingetragenen Zusammenschlusses älterer Stampfmaschinen, hat der Streit um die großzügige Stiftung eines enorm wertvollen Hauptpreises aber immerhin schon zwei Instanzen durchlaufen mit immer wieder neuen Beweisen.

Jetzt ist es um die Wurst gegangen, beziehungsweise um den Röhrenden Hirsch – ein ca. 10 bis 100 Millionen Mal kopiertes, wunderbares Gemälde gleichnamigen Titels. Der generöse Kunstsammler Axel Z. hat es vergangenes Jahr als Hauptgewinn in die Weihnachtstombola der Samstags-Haadscher einbringen wollen. Bei Sichtung der Preisflut hat sich damals der Haadscher-Vorsitzende Philipp H. durch die erwähnten Topflappen, Wäschezwicker-Packungen, Dosenöffner, Hansi-Hinterseer-CD, Senfgurken im Glas, antike Elisenlebkuchen, selbst geklöppelte Fernseherdeckchen und andere Kostbarkeiten durchgewühlt, wie plötzlich der Axel mit einem ungefähr zwei mal eineinhalb Meter großen Pappdeckel vor ihm aufgetaucht ist. »Dou wersd edzer glodzn!«, hat der Axel aufgetrumpft. »Wos du edzer gleich siggsd, des is der beste Hauptpreis, wo mir jemals g'habd hom.« Und dann hat er den Röhrenden Hirsch ausgepackt.

Tatsächlich hat der Philipp beim Anblick des Kunstwerks erstaunt glotzen müssen: »Wos issn edzer des?! A Sau, wo am Buckl lichd und mit die Baaner schdrambfld, odder wos?!« Der Axel: »Depp. Du hältsters doch verkehrt rum! Edzer is richtig rum – der Röhrende Hirsch! Das Werk von einem alten Meister.« – »Du hosd wahrscheinli soong wolln, von einen alten Hausmeister. A Hirsch soll des sei! Der hodd doch an Kubf wäi a Kamel!« Und nach einer kleinen Verschnaufpause: »Wassd du, wo die Missgeburt vonnern Hirsch hiig'herrd!? Der g'herrd in die Tierklinik zum Umoperiern! In die Tombola kummd mer des Viech jedenfalls nicht.«

Die Kunstdebatte hat sich ungefähr noch eine halbe Stunde hingezogen, während der der Philipp immer wieder betont hat, dass dieses blöde Rimbviech von einem Hirsch vielleicht einen würdigen Platz auf einem Recyclinghof finden könnte, aber keinesfalls in seiner Tombola. Wiederum hat der Axel immer energischer darauf bestanden, kraft seines damaligen Amtes als Kassenwart, dass der Röhrende Hirsch die Tombola als Hauptgewinn krönen wird.

Jetzt in der dritten Verhandlung im Streit um den Hirsch mit dem Kamelkopf ist es vor allem um dessen finanziellen Wert gegangen. Denn der König des Waldes hat an diesem Tag, kurz vor der Tombola, ähnlich wie fast alle seine Artgenossen einen gewaltsamen Tod sterben müssen. »Wäi ich des Bild«, sagte der Axel in der Verhandlung aus, »nou zum fünferzwanzigsdn Mal zu die andern Tombolagewinne hiigschdelld hob, dou hodds der Philipp baggd, aafzuung und hodds mer vull am Kubf naaf g'haud. Dassi aff der andern Seitn middn Kubf widder rausgschaut hob aus den Bild. Woorn bragdisch Tausende vo Euro mutwillig zerstört, Herr Richter.« Tausende von Euro – das war etwas zu hoch angesetzt. Dem Gericht lagen zwei vom Haadscher-Vorstand Philipp H. in Auftrag gegebene Kunst-Expertisen vor. In der einen Begutachtung war von ca. zehn Euro die Rede, in der anderen wurde die ungefähr fünf Jahre alte, acrylfarbene Arbeit eines furchtbaren Dilettanten mit 15 Euro bewertet, davon zehn Euro für den Rahmen. Für den Hieb mit dem Röhrenden Hirsch ist der Philipp schon in erster Instanz mit ein paar Euro Geldbuße bestraft worden, für das nicht ganz weidgerechte Zerlegen des Kunstwerks muss er jetzt, rechtskräftig, nichts zahlen. »Des anne mouß i obber soong«, vertraute der vom Schadensersatz befreite Beklagte dem Axel noch an, »wäi ich dir aus Verseeng des röhrende Känguruh, odder wos des woor, übern Schädel g'haud hob, und du hosd nou braggdisch gerahmt aus der andern Seiten rausgschaut aus den Bild und um Hilfe gschriea – in dera Form wäärs hundertbrozendich der beste Hauptgewinn in der Tombola gween, wo mir jemals g'habd hom. Der röhrende Kassnward ...«

Der brüllende Presssack

Aamer, Bember, Bombom, Bumbers, Bfiffer, Gnadderer, Fuzzi, Hering, Karpf'n, Mambfers, Muffers, Nabbo, Schnerbfl, Seidla, Storch, Stocherer, Stump'n, Tipfi, Urbl, Zapf, Zink'n oder Zwerch – das Nürnberg-Fürther Spitznamenlexikon ist ein weites und vielfach unerforschtes Feld. Meist leiten sich die jeweiligen Ehrentitel von der Aufnahmefähigkeit alkoholischer Getränke her, von der Gesichtsfarbe, Mundgeruch, Körpergröße, Körperform, Nasenlänge, chronischer Schließmuskelzerrung oder von anderen mehr oder weniger schönen, aber stets wundersamen Eigenschaften. Der Vorname Zapf zum Beispiel hat seinen Ursprung in dem Vorzug, dass dessen Träger, der aus dem Wirtshaus *Zum Hippel* stammende Club-Fußballartist Robert Gebhardt (1920–1986), in der schlechten alten Zeit stets den einen oder anderen Zapfen Stadtwurst als milde Gabe mit sich geführt hat.

Ähnlich hat es sich vor wenigen Monaten mit dem Firmeninhaber Dr. Heinz Presssack verhalten, der ebenfalls amtlicherseits noch nie auf den Namen Presssack getauft worden ist. Vielmehr heißt er seit seiner Geburt Heinz G., der Dr. hat sich später dann, möglicherweise rechtmäßig, dazugesellt.

Auf den Titel hat Herr Heinz G. größten Wert gelegt, während er von seinem Künstlernamen »Presssack«, wenn überhaupt, höchstens einen Hauch von Ahnung gehabt hat. Die Belegschaft hat sich den schönen Zusatztitel ausgedacht, weil der Chef eine runde, dicke, schwabblige Körperform sein eigen nennt und, wenn er brüllt, sich sein Gesicht rot-weiß färbt wie ein Presssack.

Jetzt ist der Dr. Presssack also vor Gericht geladen worden, weil er aus Versehen Zeuge der Aufdeckung seines Spitznamens geworden ist und dabei ziemlich rabiat reagiert hat.

Bei der Feier zum zehnjährigen Betriebsjubiläum ist die gesamte Belegschaft in einem Gasthaus in der Nordstadt versammelt gewesen; die erst kürzlich dort eingestellte Bedienung Julia M. hat sich wegen der zahlreichen à la Carte-Bestellungen im schweren Stress befunden und ist nach vielen Fehlbuchungen ziemlich aufgelöst und schwitzend plötzlich mit einem mit Presssack und Essiggurke beladenen Teller vor Herrn Dr. Heinz gestanden und hat ihn angebrüllt: »Sin Sie der Bresssagg mit Gurgn!?« Hätte natürlich bedeuten sollen: »Haben Sie einen Presssack mit Gurke bestellt?« Sekunden später hat sich die gesamte Belegschaft vor Lachen fast weggeschmissen. Da und dort hat es gegluckst: »Däi hodd zon Bresssagg fei Bresssagg gsachd!« Oder »Edzer hassd unser Bresssagg nimmer Bresssagg, sondern Bresssagg mit Gurgn!« Weiter hinten hat man hören können: »A Brösdla aff unsern Doggder Bresssagg!« oder »Woher kenndn die Bedienung unsern Bresssagg? Vielleichd vo sein Schnerbfl her!«

So eine fröhliche Betriebsfeier hat die Welt noch nicht gesehen. Aber wie die arglose Bedienung in das Gelächter hinein noch einmal verzweifelt geschrien hat, ob der Dr. G. jetzt der Presssack ist oder nicht, war die Fröhlichkeit jäh beendet. Herr Dr. Heinz G. ist wutentbrannt aufgesprungen, soweit man bei einem kugelrunden Laib Presssack von Springen reden kann, und hat zurückgebrüllt: »Dir Schlumbl, dir greisliche, werri glei an Bresssagg mit Gurgn geem!!! Schau doch diich oo, dir bambln doch deine zwaa Bresssagg scho aus der Blusn raus!« Dabei hat er der Julia die Essiggurke in den Blusenausschnitt gestopft, ihr die Presssackscheibe ins

Gesicht gedrückt und den Teller durchs Lokal segeln lassen, dass zwei nicht zur Belegschaft gehörende Gäste vor einem etwaigen Volltreffer gerade noch abtauchen haben können.

Abschließend hat die Julia vom Dr. Presssack noch eine Drümmer Schelln erhalten, vermutlich als Trinkgeld, und dann hat der Chef, im Gesicht presssackartig rot-weiß gesprenkelt, die Jubiläumsfeier unter weiteren wüsten Drohungen verlassen. Alles, sagte er jetzt vor Gericht, müsse man sich auch nicht gefallen lassen. Wegen der Erregung bitte er dringend um einen Freispruch. Der Bitte konnte sich der Richter nicht anschließen, da die Bedienung vom unglücklichen Zusammentreffen eines Spitznamens und einer Speisenbestellung beim besten Willen keine Ahnung haben könne. Herr Dr. Heinz G., inzwischen Träger des Dreifach-Kosenamens Dr. Presssack-mit-Gurke, wurde trotz mildernden Bluthochdrucks wegen Beleidigung, Sachbeschädigung und Körperverletzung zu einer Geldstrafe von knapp 8.000 Euro verurteilt. Und wie die Bedienung Julia M. nach der Verhandlung den Herrn Doktor fragte »Edzer dääd mi obber scho amol indressiern: Sin Sie edzer damals eingli der Bresssagg mit Gurgn gween odder nedd?«, tat sie gut daran, sich schleunigst zu entfernen.

Helmut, der Schnapsschnorrer

Ein emsig durchgeführter Geiz endet in vielen Fällen in einem schönen Vermögen. Wo aber ein schönes Vermögen letztlich hinführt, weiß niemand, da dieses beim Entschwinden der Seele ins Jenseits losgelöst vom ehemaligen Besitzer im Diesseits verbleibt. So weit ist der notorische Geizkragen Helmut W. bei seinen Gedankenspielen über die Wertschöpfung aber noch nicht gekommen. Er gilt als wandelnder Sparstrumpf, und wenn irgendwo die Zauberworte »Ummersunsd« oder »Ich gib a Rundn aus« im Raum schweben, gesellt sich der Helmut sofort zum Urheber der Gratifikation. Jetzt hat es ihn beim Sparen voll erwischt, er ist unter vielem anderen wegen Zechbetrug vor Gericht gestanden.

An einem Abend, an dem Tausende von Messegästen die innerstädtischen Tropfbierhöhlen nahezu ausgetrocknet haben, ist der Helmut in sein angestammtes Wirtshaus geschlurcht und hat dort im Kreis von vier an einem Zweier-Tischchen zusammengepferchten Ausheimischen als Einheimischen-Bonus noch einen halben Sitzplatz ergattert. »Des mäin«, konnte er sich vor Gericht gerade noch erinnern, »des mäin ziemlich nördliche Norddeutsche gween sei. Wall ich hob kein Wort vo denni verstandn. Drimmer Schaifala homser si neibressd, nou nu Abflkichla mit Vanille-Eis. Und dann homs a Rundn Verdauungsschnäbsla beschdelld. Homs mi gfrouchd, ob ich auch ans middrink.« Trotz des sehr hohen Hochdeutsch – die Frage hat der Helmut sofort verstanden.

Nur wie er ungefähr nach der fünften Schnapsrunde gefragt worden ist, ob er sich an dem Gelage nicht auch einmal als Sponsor beteiligen wolle – da hat der Helmut seine Ohren auf Durchzug gestellt. Bei der nächsten Runde sind folgerichtig auf dem Tablett nur noch vier Stamperla gestanden. »Hobbi mer obber glei a Schnabsglas gschnabbd, und nou homs nu an nachbeschdelln mäin.« Auf die Tour ist der versierte Schnapsschnorrer ungefähr auf acht Kirschgeist gekommen, es können auch doppelte gewesen sein. »Des is mer nocherdla scho aweng komisch vuurkummer«, sagte der Angeklagte vor Gericht, »wäi anner vo meine neier Kumbl gsachd hodd, er mouß amol naus und a Geld in die Parkuhr neischmeißn. Und der nexde is nou zum Raung naus ganger, anner hodd aff aamol am Abordd gmäißd. Und wäi mer der Ledzde vo däi Vier numol a Schnäbsla ausgeem hodd, hodder dernouch gsachd, er gäihd amol gschwind zum Delefoniern naus vuur die Diir. Und nou binni ganz allaans doug'hockd.«

Wie lang er allein am Tisch gesessen sei, fragte der Richter. »Des wern suwos zwaa Schdund gween sei. Dou hobbi mer nu a boor glanne Bier beschdelld. Ich glaab, fünf. Und bam fünftn Schobbn Bier is nou bassierd – dou is die Bedienung kummer und hodd gsachd, dass edzer Feieroomd is, und dass 270 Euro und 80 Cent kost.« – »Homs Ihnen«, soll damals der Helmut in aller Form geäußert haben, »homs Ihnen efendwell aweng in Ihrn Computer neigschissn!? Zwaahunderdsiebzg Euro fiir fünf glanne Bier! Dou hosd an Zehner, und edzer schleigsd di, bläide Henner! Zwaahunderdsiebzg Euro! Ich bin doch nedd der Ackermann!«

Es ist dann ein kleiner Tumult entstanden, während dem der Wirt gebrüllt hat, dass der Helmut jetzt ohne größeres Trara die Zeche für sich und seine vier Freunde zahlen soll, der Helmut seinerseits das letzte kleine Bier an die Wand geschmissen hat und die Bedienung auch nicht gerade leise ständig vorgerechnet hat, dass viermal Schäufele und Apfelküchla mit Vanille-Eis, zehn Runden Kirschgeist, zwölf große und fünf kleine Bier auf den Cent genau 270,80 Euro kosten. Jetzt vor Gericht sagte die Kellnerin glaubhaft aus, Herr Helmut W. habe sich damals nach mehrfachem Absingen des Liedes *So ein Tag, so wunderschön wie heute* dahingehend geäußert, dass er zu Ehren Norddeutschlands die gesamte Zeche übernehme. Und wie die zwei Polizisten erschienen sind, habe er die Beamten gefragt, ob er ihnen das Benzingeld vom Präsidium bis zum Wirtshaus vielleicht auch noch zahlen soll. Inklusive Pendlerpauschale, einem kleinen Imbiss und Gefahrenzulage. Bei dem Wort »Gefahrenzulage« hat er einem der Beamten die Dienstmütze vom Kopf gerissen und sich den staatlichen Hoheitshut selber aufgesetzt. »Däi is mer nou über die Aung grudschd, dassi nix mehr gseeng hob. Der Bolli mouß an Kubf wäi a Kürbis hoom.« Infolge der vorübergehenden Blindheit habe es schon sein können, dass er sich aus Versehen an der Nase des Beamten ein bisschen festgehalten habe. »Es woorn fünf glanne Bier, und sunsd nix!«

Zusätzlich errechnete das Gericht vier Schäufele, Apfelküchla, Schnäpse, Sachbeschädigung, Körperverletzung, Beleidigung und Widerstand gegen ein Vollzugsorgan – machte vier Monate auf Bewährung, 3.200 Euro Geldbuße und Nachzahlen der Zeche zu Ehren Norddeutschlands.

Heinzi, der verdreckte Ermittler

V-Mann oder verdeckter Ermittler beim Verfassungsschutz wird man heutzutage ziemlich schnell. Aus mehr oder weniger gut unterrichteten Kreisen verlautet, dass die Aufnahmeprüfung nach absolvierter dreiminütiger Ausbildung dem Obergefreiten-Diplom bei der Bundeswehr ähnelt: Einen Tag lang zum Kasernenfenster hinausspähen, und wenn man noch vor Einbruch der Dunkelheit merkt, dass den ganzen Tag lang der Rollladen vor dem Prüfungsfenster heruntergelassen war, wird man zum Obergefreiten ernannt.

Einem ähnlich schweren Examen hat sich heuer der Haarwuchsmittelvertreter Heinz H. unterzogen, sodass seiner Laufbahn als V-Mann nichts mehr im Weg stehen dürfte. So ungefähr hat er es sich jedenfalls zusammengereimt, wie er jetzt wegen eines typischen Verfassungsschutzvergehens vor Gericht gestanden ist: Trunkenheit im Straßenverkehr. Diese Trunkenheit hat der verdeckte Ermittler aber weit von sich gewiesen. Die amtlich gemessenen 2,3 Promille – in Ordnung, die hätten sich in jener Nacht durchaus in seiner Blutbahn da und dort auffinden lassen können. Weil, legte er dem hohen Gericht dar, das eine oder andere Bier, gelegentlich zur Aufheiterung mit einem Schnäpsla angereichert, nehme er abends allerwall zu sich. »Dou kummd nou scho wos zamm, gell. Obber bsuffn Autofoohrn – niemals, Herr Richter!«

Und dann erzählte der Hobby-V-Mann Heinz in aller Ausführlichkeit seine Geschichte aus 1001 Nacht. Und zwar treibe in dem Viertel, wo der Heinz sein Hauptquartier hat, schon seit Monaten ein Autokratzer sein Unwesen. Vermutlich mit einem Nagel. Zweimal innerhalb einer Woche habe der Autokratzer auch den fast neuen BMW vom Heinz heimgesucht. »Und nou hob ich zu meiner Frau gsachd«, erinnerte sich der Heinz, »dass däi Dreegsau vo einen Autogradzer edzer dann obber glei ausgradzd hodd. Haid Nacht derwischin.« Dann hat er sich auf seine Rolle als verdeckter Ermittler vorbereitet: einige Biere zu sich genommen, wegen der zu erwartenden ersten Minusgrade dieses Herbstes auch Frostschutzmittel in Form von vielleicht sechs oder sieben Magenbitter aus der Hausapotheke, einen Wintermantel drübergezogen und sich auf den Rücksitz seines vor dem Haus geparkten BMW begeben.

»Des werd«, sagte er, »suwos nachds ummer halberzwaa gween sei. Wall, hobbi mer denkt, vuur dreier werd der Autogradzer nicht kummer. Und nou konn i mi in däi annerhalb Schdund, wou ich glauerd hob, konn i mi aff däi Wilzau vo Autogradzer mendal, wäi mer suu sachd, nu aweng vuurbereidn, gell.« Und dann soll es gemäß den Erinnerungen vom Heinz ungefähr so geendet haben: Kraft seines Schlaftrunks ist er ein bisschen eingenickt, dann aber plötzlich hellwach aufgeschreckt, wie draußen vor dem Autofenster sich der Strahl einer Taschenlampe auf den BMW gerichtet hat. »Edzer, hobbi mer denkt, edzer is er dou, der Drecksgribbl vo Autogradzer! Edzer back i den Verbrecher!« – »Und in den Moment«, fuhr er fort, »wou ich nausrumbln will ausn Auto, is die Diir nedd aafganger. Woor die Kindersicherung drinner!« Wieder eine längere Pause. »Ner ja, und aff aamol machd jemand die hindere Autodiir aaf, laichd mer mid der Daschnlambn ins Gsichd – und nou hobbi mer dengd, der Autogradzer, hobbi mer dengd, gell, der Autogradzer konn des nedd sei. Wall ein Autogradzer hodd doch ka Uniform oo und a Dienstmüdzn am Kubf, gell!« Erneut eine kleine Pause, nach der der Heinz den

Richter dann anbrüllte: »Woors ein Bollizist, Herr Richter!! Kenner Sie sich des vuurschdelln!? Suu a Zufall! Ich lauer affn Autogradzer, und wer kummd – die Bollizei! Is doch der Hammer, odder!?«

Nachdem sich der Richter von diesem unvorstellbaren Hammer einigermaßen erholt hatte, fragte er den Angeklagten, ob es – da nach den polizeilichen Ermittlungen damals, früh um vier Uhr, der Motor vom Heinz seinem BMW gelaufen ist, das Licht gebrannt hat und die Fahrertür sperrangelweit geöffnet war – ob es eventuell auch ein bisschen anders gewesen sein könnte. Auch unter dem Gesichtspunkt, dass sich der angebliche Autokratzerfahnder in jener Nacht von oben bis unten vollgespeit hat. »Könnte es also sein«, fragte der Vorsitzende, »dass Sie bsoffn bis übern Oorsch nunter mit'm Auto heimgfoohrn sin, in Ihrm Dambers aufn Rücksitz grabbld und dann eigschlafn?« Nach einem kurzen Blick auf seinen Anwalt überlegte der beim Einsatz ziemlich verdreckte Ermittler nicht lang: »Oder so. Ja, Richter – suu kennds unter Umschdändn auch gween sei.« Machte 18 Monate Führerscheinentzug, drei Monate auf Bewährung und 5.400 Euro Geldstrafe.

Die Müllwachtel

Viele Mietshausbesitzer behandeln die Insassen ihrer Unterkünfte nahezu gleichberechtigt, fast wie richtige Mitmenschen. Diese insgesamt ziemlich verträglichen Eigentümer wissen aber nicht, dass sie die langweiligste Art des Umgangs mit Mietern gewählt haben. Kein Hausordnungsstreit verleiht ihrem Dasein zusätzliche Würze, sie lernen kaum Mietanwälte kennen, hiesige Schimpfwörter wie »asoziale Dreegsau« sind ihnen vollkommen fremd. Wo sie ihren täglichen Adrenalinschub hernehmen sollen, weiß der Himmel.

Zu diesen bedauernswerten Hauseigentümern gehört die vorübergehend auch als Tierpsychologin tätig gewesene Frau Uta F. nicht. Man muss sie eher der Gesellschaftsschicht der Schikaneria zuordnen. Einen großen Anteil ihrer Fürsorgepflicht den Mietern gegenüber widmet sie deren Müllentsorgung, eine aufopfernde Tätigkeit, welche ihr unter den Bewohnern schon den Ehrentitel »Müllwachtl« eingebracht hat. Diesen Begriff hat der wegen einiger Entgleisungen im Mülltrennungswesen angeklagte Willy H. jetzt vor Gericht näher beleuchtet. »Aamol«, sagte er unter anderem aus, »aamol hodds a suu a Gummizibflmüdzn middern Reißnagel ans Schwarze Brett hiizwiggd und an Zeddl derzou gschriem, dass suu a Sauerei nicht mehr im Hausmüll seeng will. Wenn ibberhabbs, nou g'herrd des in Blasdiggsagg nei.«

Erst auf Nachfrage des Richters konnte geklärt werden, dass es sich bei der beanstandeten Gummizipfelmütze um ein Kondom handelte. »Und zu mir«, fuhr dann der Willy fort, »hodds nou in der Mieterversammlung bragdisch öffendlich gsachd, dasser si scho denkn konn, wo dass der Lust-Ballong herkummd. Und wenn i nu aweng suu unschuldich bläid daherschau, nou lässds einen Gen-Test durchführn.«

Einige hochinteressante Briefsätze des Anwalts der Müllwachtel haben sich mit umweltfeindlichen Plastiktüten in der Bio-Tonne befasst, mit Summen von Liedern im Treppenhaus, mit unerlaubtem Feinstaub im Hinterhof oder mit Kinderfingerabdrücken auf den Fliesen im Hauseingang. »Und jeden zweiten Dooch«, wusste der Willy noch, »hodds in die Müllaamer ummernander graamd. Masdns, wenns scho finster gween is.« Während einer solchen Abfallfahndung ist der Willy einmal abends vom Wirtshaus heimgekommen und hat beim Vorbeitaumeln an den Mülltonnen gedacht, er ist das Opfer einer optischen Täuschung. »Hom dou aus der Babierdonne zwaa Damenschouh rausgschbidzd! Und nou hobbi mer fei nu denkt, Schouh hom doch in der Babierdonne nix verluurn. Dou wer mer widder an gsalzner Brief vom Rechdsanwald vo der Frau F. gräing!«

Und vor lauter Angst, dass die Müllwachtl den Fehleinwurf von zwei Damenschuhen in die Papiertonne bald entdecken könnte, hat Herr Willy H. die Schuhe vollends in die Tonne hineingestampft und den Deckel geschlossen. Angeblich hat er nicht bemerkt, dass in den zwei Damenschuhen noch was dringesteckt ist – nämlich die Füße von Frau Uta F. Der Herr H., äußerte sich jetzt die Uta bei ihrer Zeugenaussage, lügt, wenn er nur den Mund aufmacht. Und zwar nicht nur im Fall der Gummizipfelmütze. »Ich hape«, weinte sie ziemlich hochdeutsch dem Richter vor, »an tiesen Apend nerplos das Babier in ter Babierdonne ein wenig zammstampfen wollen. Und tabei bin ich in die Babierdonne hineingebflogen. Und tann hape ich um Hilfe geschrien, und das hat der turch und turch verlogene Herr H. kanz kenau gehört, ter Trecksack, ter asoziale! Und dann hat er mich in die Babierdonne hineingetrückt. Und ich habe dann den Teckel nicht mehr öffnen können. Weil er sich traufgesetzt hat.« Angeblich eine halbe Stunde lang, nach welcher der Willy dann den Deckel wieder geöffnet und mit schauspielerisch inszeniertem Entsetzen ausgerufen haben soll: »Ja Frau F.! Wos mach nern edzer Sie dou in der Babierdonne! Zeitung lesen odder wos?! Dou is doch schduugfinsder, dou seeng S' doch goornix!«

Der Willy blieb aber dabei, er habe zunächst nicht bemerkt, dass in den zwei Damenschuhen seine heißgeliebte Vermieterin und Müllwachtel noch drinsteckt. Auf den Mülltonnendeckel habe er sich schon draufgesetzt, weil er nicht zugegangen ist, aber nur einige Sekunden lang. Und bereits bei den ersten Hilfeschreien aus der Papiertonne habe er die Frau F. gerettet. Im Namen des Volkes und der Mieter wurde der Willy vom Vorwurf der halbstündigen Freiheitsberaubung freigesprochen. Ob er noch eine Schlussbemerkung machen wolle, fragte ihn der Richter. »Naa«, sagte der Willy, »höchstns ans nu: Iich hädd die Nacht über aff dera Babierdonne draffhockn bleim solln. Wall am andern Fräih is die Müllabfuhr kummer.«

Geheimkot in der Damenhandtasche

In letzter Zeit erblicken bei uns sehr schöne neue Wörter das Licht der Welt. Vor einigen Monaten zum Beispiel das Wort »Kotsauger«. Es klingt zunächst unappetitlich, beschreibt aber in lieblichem Amtsdeutsch einen städtischen Motorrollerfahrer, welcher, mit einer fahrbaren Odelgrube ausgestattet, mittels eines Saugrohres Hundescheiße pneumatisch einsammelt. Beinahe wäre jetzt auch der Rentner Raimund L. zum Kotsauger geworden, allerdings unfreiwillig, ohne Motorroller und Saugrohr. Er ist im Volkspark Marienberg spazieren gegangen und hat nicht gewusst, dass es sich bei diesen Auen in der Nordstadt um eine Freilaufzone handelt. Eine Zone also, in der Hunde nicht nur frei laufen, sondern auch frei knattern dürfen, ohne dass ihre Erziehungsberechtigten die beim Knattern ausgeworfenen Stinkbomben einsammeln müssen.

»Vuur mir«, schilderte der Raimund das Freilaufzonen-Drama jetzt vor dem Amtsgericht, »vuur mir is däi Frau dou gloffn und hodd dauernd gschriea ›Hambfri, gäihsd edzer her!‹ und ›Hambfri, mach edzer endlich dei Scheißerla!‹ Dauernd hodds wos vo einen Hambfri umernander bläkd.« Der Richter blickte die Angeklagte Frau Anna H. fragend an. »Hambfri«, klärte sie den Vorsitzenden auf, »Hambfri hassd mei Dackl. Wall der hodd doch genau asuu an treuen Blick wie fräihers der Hambfri. Also der Hambfri Bogart, nä.«

Der vierbeinige Humphrey Bogart hat damals nach den eindringlichen Ermahnungen endlich den Buckel krumm gemacht und das befohlene Scheißerla in die Freilaufzone gepresst. Der Raimund hat es auf das Schärfste beobachtet, dann ein Tempotaschentuch gezückt, die vom Hambfri kunstvoll gekringelte Hinternlassenschaft ergriffen und sodann der Anna nachgerufen: »Äih, Sie, Frau! An Moment amol! Sie hom dou wos verluurn!« Und wie die Anna zurückgehastet ist, um den vermeintlich verlorenen Wertgegenstand entgegenzunehmen, hat ihr der Raimund etwa ein Pfund ganz frische Dackelworschd, eingewickelt in ein Tempotaschentuch, in die offene Handtasche geschmissen. »Des droong S' edzer schäi mit hamm, gell! Und merken S' Ihner ein für alle mal – wenn Ihr Hund scho unbedingt aff die Wiesn scheißen mouß, nou wird's dernouch eigsammlt mit anner Düüdn und nou kummd's dahamm in Abordd nei. Falls Sie dahamm einen Abordd hom.«

Anschließend hat der ehrenamtliche Hundehaufenhüter dem Frauchen vom Hambfri noch erläutert, dass es in der Stadt 15.000 Hunde gibt, zuzüglich einer immensen Dunkelziffer, und dass allein deren Hellziffer mit täglich fast fünf Tonnen Scheißdreck das zum Himmel stinkende Gemeinwesen förmlich zuscheißt.

»Wassd du, wos? Du zammzubfder Scheißdreegsammler!«, hat da die Anna gebrüllt. »Wassd du, wos du mich konnsd!? Du konnsd mich zammds deiner Dunklziffer und deine gschissner fünf Tonnen fei aweng am Oorsch leckn. Und mein Hambfri aa! Ohne Düüdn!« Und wie sie noch hinzugefügt hat »Hob Hambfri, bagg nern!«, hat der Hambfri den Raimund tatsächlich voll an der Wade gepackt, während Frau Anna H. im gleichen Augenblick ihre Handtasche samt der Dackelwurstfüllung ihrem Kontrahenten über den Kopf gestülpt und durch starkes Ziehen an den beiden Taschenhenkeln den Nebenerwerbs-Parkwächter halb erwürgt und halb erstickt hat. »Du Oorsch!«, hat ihm die Anna noch zugerufen, »bloß dassders wassd – des is eine Freilaufzone! Dou konn mei Hambfri suvill scheißn wäi meinerdweeng a Elefant. Und des bleibt dou lieng, wou er's hiibfefferd hodd.«

Leider hat der Raimund die interessanten Belehrungen über Freilaufzonen im Inneren der ziemlich schalldichten Handtasche nicht hören können. Und glücklicherweise hat er in seinem Kopfgefängnis nicht nur nicht gehört, sondern auch nicht eingeatmet – denn sonst wäre er womöglich, wie eingangs erwähnt, vorübergehend zum Kotsauger geworden. Für die Beleidigungen, das Zwicken vom Hambfri in die Wade und die Knebelung mit der Handtasche hat es einen Zeugen gegeben. »Stimmt alles«, sagte der aus, »ich hob mer ja nu denkt, wos taumelt'n dou fiir a Depp rum, den wou sei Frau grood a Handtaschen als Houd aufsedzd. Friert's den am Kubf odder is er bsuffn odder wos? Und dann woor ja des goornedd sei Frau! Zum Glück, kommer in den Fall soong.« Frau Anna H. wurde zu einer Geldstrafe von 750 Euro verurteilt. Zuzüglich 150 Euro Ordnungsstrafe, weil sie auf die Frage des Richters, ob sie das Urteil annehme, antwortete: »Naa! Allerhäigsdns nimm ich oo, dass Eich dou herinner alle middernander aweng ins Hirn gschissn hom.«

Zwei Schnepfen, ein Chef und kein Geld

Eines der besten, schönsten, lieblichsten, verheißungsvollsten deutschen Wörter ist zweifellos das Substantiv Gehaltserhöhung. Allerdings ist es seit der Wiederentdeckung der Leihsklavenarbeit so gut wie ausgestorben. Wird es dennoch einmal in einem Anfall von Größenwahn unterm Schreibtisch hervorgewinselt, erhält der Bittsteller im harmlosesten Fall dröhnendes Gelächter als Antwort, umgerechnet 0,0 Euro plus.

Es sei denn, man erwischt mit seinem Antrag auf Mindestlohn einen äußerst günstigen Zeitpunkt. Wie letztes Jahr im Herbst der kaufmännische Frondienstleister Werner B., der gemäß seinen Einlassungen vor dem Amtsgericht durch den Verkauf des Bügelautomaten seiner Frau beim weltweit größten Verscherbelungs-Institut ebay plötzlich zu einem Vermögen in Höhe von 250 Euro gekommen ist. Und im dadurch akut ausgebrochenen Freudentaumel beschlossen hat, dass er mittels dieser unverhofften Barschaft buchstäblich die Sau rauslässt. Und zwar in dem nur zwei Straßen entfernten, altehrwürdigen Animier-Schuppen.

Dort sind, wie der Werner das kleine Abkochstudio betreten hat, gerade zwei mit drachenschnurartigen Behelfsunterhosen bekleidete Damen in einen älteren Herrn vertieft gewesen. »Ja, dou schau her!«, hat da der Werner nach kurzer Inspektion des sich anbahnenden Dreier-Blöckleins plötzlich laut aufgejubelt. »Wen siech i denn dou! Des derf doch nedd wahr sei! Mei Scheff, der alde Lauser! Hosders obber faustdick in der Huusn, hä?!«

Und dann hat der Werner nach dem ersten Freudenausbruch über das unerwartete Zusammentreffen mit seinem tagsüber immens tugendhaften Vorgesetzten

Rainer H. blitzschnell erkannt, dass sich eine derartig günstige Gelegenheit für ein Gehaltserhöhungsgespräch so schnell nicht mehr ergeben wird. »Alder Diddlasbadscher!«, hat er das Gespräch eröffnet und sein Handy gezückt, »schau amol gschwind her und lach aweng! Nou mach i a Foddo vo dir und deine zwaa Nacktschneckn. Des mäil ich nou haid nachd nu in die Ärwerd nei, Post an alle!« Dazu hat er noch erwähnt, dass so ein Foto das Betriebsklima ungemein aufheizen könnte, dass es einen lang anhaltenden Gesprächsstoff bieten wird, von dem eines Tages vielleicht sogar die Ehefrau vom Rainer Wind kriegt.

Und dann der Kernpunkt der Unterredung: »Drei Labbn mehra im Monat – und scho hobbis widder vergessn, dass du dou an zwaa halbnaggerde Weiber rumschraubsd.« Mit den drei Lappen waren drei Hunderteuroscheine monatliche Aufbesserung gemeint, und er, der Werner, hätte es jetzt gleich gerne schriftlich.

So günstig, wie der Werner sich das ausgemalt hat, ist der Zeitpunkt des Gehaltserhöhungsgesprächs dann aber doch nicht gewesen. Herr Rainer H. hat damals nämlich auch ein Handy dabeigehabt. Mit dem hat er die Polizei angerufen und den kurze Zeit später erscheinenden Beamten erklärt, dass er soeben erpresst werden hätte sollen. Und die zwei Damen könnten es Wort für Wort bezeugen. Dem Wunsch vom Werner nach einer schriftlichen Bestätigung über den Inhalt des Gehaltsaufbesserungsgesprächs ist der Rainer aber sofort nachgekommen. Auf einem Bierfilzla hat er seinem Mitarbeiter mit einigen dürren Worten bestätigt, dass er ab sofort fristlos gekündigt ist und hiermit Hausverbot erhält.

Ob es sich ungefähr so verhalten hat, wollte der Richter jetzt vom Werner wissen. »Nerdirli nedd«, sagte er, »ich hob doch nerblouß a glanns Schbässla machn wolln. Ich bin doch nedd bläid, und sooch zu mein Scheff, dassis seiner Frau sooch! Dou mouß i ja dermiid rechner, dass er nocherdla auch meiner Frau sachd, dass ich in den Sex-Schubbn gween bin. Wos maaner S'n, Herr Richter, wos dou nou mei Frau sachd!?« Und dann fügte er noch hinzu, er hege die Hoffnung, dass die Gerechtigkeit siegt. »Außer, Sie glaub'n denni zwaa Schnebfn und einen Moo, wou si ba denni Schnalln rumdreibd, Sie glaub'n denner mehra wäi mir.«

Für die zwei Schnebfn und Schnalln, auf denen sich ja auch der Werner ganz gern rumgetrieben hätte, musste er eine Ordnungsstrafe entrichten, die versuchte Erpressung machte zwei Monate mit Bewährung und eine Geldbuße von knapp 1.500 Euro. Ob er das Urteil annimmt, fragte ihn der Richter. »Efendwell scho«, sagte der Werner, »vorausgsedzd, ich konns edzer mein ehemalichn Scheff seiner Frau soong, wo ihr Moo immer seine dringenden Nacktbeschbrechungen hodd.« – »Könner S' gern«, meldete sich zum Abschied der Rainer, »des wird mei Frau brennend indressiern. Nexd Wochn wern's drei Jahr, wou mer gschiedn sin …«

Richard, der Irrläufer

Bundespräsidenten können heutzutage durchaus einmal ein schlechtes Gedächtnis haben. Denn höher- bis höchstgestellte Persönlichkeiten haben die Möglichkeit, Defizite im Kopf ohne Weiteres mit anderen Körperteilen, die reichhaltiger ausgestattet sind, wieder auszugleichen. Zum Beispiel entgegengesetzt vom Kopf mit dem dort ansässigen Sitzfleisch.

Bei Herrn Richard B., welcher nicht Bundespräsident von Beruf ist, sondern gelernter Formenbauer, haben sich einige Gedächtnislücken jedoch verheerend ausgewirkt. Er hat jetzt vor Gericht erklären müssen, warum er mitten in der Nacht einige Stunden lang die halbe Nordstadt und einen Teil des westlichen Nürnberg zu Fuß mit insgesamt 25 Litern Superbenzin, verteilt auf zwei Kanister, durchquert hat. Und mit diesen 25 Liter Benzin nach Beendigung seiner Fußwanderung aber nur ungefähr 500 Meter weit mit seinem Auto gekommen ist.

»Also ganz genau«, sagte der Richard vor Gericht, »ganz genau wassis edzer aa nimmer. Wall des is ja edzer scho aweng her, wou mir in Walter sein Sechzigsdn gfeierd hom, gell.« Die Geburtstagsfeier hat in der Brettergartenstraße stattgefunden. Für den Richard angeblich ein sehr mineralwasserhaltiges Fest, da er mit dem Auto unterwegs gewesen ist. »Des kenner S' mer glaub'n, Herr Richter, ich hob ban Walter keinen Drobfn Algerhol drunkn. Häigsdns ein odder drei Bier odder wos. Solln's fünf gween sei!« Gegen ein Uhr nachts hat sich die Feier ihrem Ende zugeneigt, und der Richard, der in Gibitzenhof wohnt, hat noch den Willy im Auto heimgefahren, der entgegengesetzt von Gibitzenhof in der Hufelandstraße wohnt. Ob er dort beim Willy vielleicht noch einen Tropfen Alkohol zu sich genommen hat, wollte der Richter wissen. »Nix! A Schnäbsla hodd mer der Willy nu eigschenkt. Obber sunsd nix. Und des Schnäbsla – odder woors a Dobblder?? Obber den hobbi ja dann widder rausgschwidzd. Wall dou is mer ja am Westring es Benzin ausganger, gell.« Am Westfriedhof hat der Richard seinem Kofferraum einen leeren 20-Liter-Benzinkanister entnommen. Mit ihm in der Hand hat er eine Tankstelle gesucht und sie nach einigen Irrläufen schließlich in der Bucher Straße gefunden. Dort hat er 20 Liter Benzin in seinen leeren Kanister gezapft, ihn an der Zapfsäule abgestellt, drin in der Tankstelle bezahlt, und wie er seine Wanderung zurück zum Auto wieder aufnehmen hat wollen – war der Benzinkanister weg!

»Binni widder neigrennd in die Dankschdell und hob gsachd, dass mer edzer mein Kanisder gschdulln hom. Und nou hodd mer der Dankwardd an Fünf-Liter-Kanisder verkaffd. Und wäi ich fünf Liter Schbridd neilaafn hob loun – schdäihd aff aamol mei Zwanzg-Liter-Kanisder vuur mir! Hobbin an der verkehrdn Zabfsäuln gsouchd g'habd, Herr Richter! Edzer hobbi in der an Händ fünf Liter Benzin droong und in der andern zwanzg Liter. Und vuurn Abmarsch zu mein Auto hobbi, glaabi, in der Dankschdell nu an Flachmann neibfiffn.« – »Und nocherdla«, stöhnte der Richard auf, »nocherdla bin ich Depp mit meine zwaa Kanisder widder naus in die Breddergarddnschdrass gloffn! Wall i vergessn g'habd hob, dass ich ja in Willy in die Hufelandschdrass gfoohrn hob und mir am Westfriedhuuf es Benzin ausganger is. Und nedd in der Breddergarddnschdrass!«

Irgendwo zwischen Bucher-, Hufeland- und Brettergartenstraße ist der schwer schnaufende Kanisterträger von einer Polizeistreife angehalten und dringlich befragt worden, was er mit den 25 Liter Benzin mitten in der Nacht vorhat. »Wenn i mei Auto find«, hat er geantwortet, »schüdd is nei. Wenn nedd, nou drooch is widder vuur in die Bucher Schdrass in die Dankschdell.«

Die Ermahnung der beiden Polizisten, unter keinen Umständen mehr mit dem Auto zu fahren, hat der Richard unterwegs dann scheint's auch wieder vergessen. »Obber däi zwaa Bolli häddn mich nie derwischd«, sagte der Richard auf der Anklagebank, »wenn mir mei scheiß Karrn vorna an der Maximilianschdrass nedd scho widder gfreggd wär! Middn aff der Schdrass! Keinen Zuggerer hodder mehr gmachd.« Warum, fragte der Vorsitzende. »Wall ich a Doldi bin, Herr Richter! Ich drooch fimbferzwanzg Lidder Subberbenzin durch halb Närmberch bis ball nach Färdd und widder zrigg – und mei Mazeedes is obber ein Diesel! Ich bitte um Freispruch.« Dem Wunsch konnte der Richter nicht nachkommen. Wegen der 1,7 Promille kostete es 1.800 Euro und zwölf Monate Führerscheinentzug. »Dou ich Gnaller in mein Diesel a Subberbenzin nei!«, brotzelte der Richard zum Abschied vor sich hin. »Des is ja genau asuu, wäi wenn ich in mir a Mineralwasser neischüdd.«

Der Chef im Nagelstudio

Ein Reißnagel im Hintern mag unangenehm sein, wird aber meistens nur sprichwörtlich verwendet, kommt also außer bei indischen Fakiren selten bis überhaupt nicht vor. Anders verhält es sich mit Dachpappennägeln im Hintern. Sie bilden von der Unannehmlichkeit her gesehen wesentlich mehr, nämlich ca. einen bis eineinhalb Zentimeter Bohrlänge, und sind vor einiger Zeit im Gesäß des Abteilungsleiters Manfred S. keinesfalls sprichwörtlich vorgekommen, sondern real und schmerzhaft. Wegen der ungewöhnlichen Anklage – schweres Arschnageln in drei Fällen – musste sich jetzt Hans-Jürgen W., ein Untertan vom Manfred, vor Gericht verantworten.

Zum Verhältnis zwischen dem Chef und seinem D.v.D., seinem Depp vom Dienst, muss man wissen, dass zwischen ihnen meist eine äußerst komprimierte, dicke Luft geschwebt ist. Einmal sogar buchstäblich, wie der Hans-Jürgen im aquarienartigen Dienstraum seines Vorgesetzten einen lautlosen, aber übelriechenden »Koffer« abgestellt und sodann einige Mitarbeiter in die Chef-Kabine geschickt hat, mit dem Hinweis, dass der Abteilungsleiter eine gottserbärmliche Wildsau ist und dass die Kollegen kurz einmal schnuppern sollen, wie es bei ihm im Zimmer volle Blume nach Schweinemastbetrieb duftet.

Die Liebenswürdigkeiten zwischen den beiden haben sich im Lauf der Zeit aufgeschaukelt, und so war es für Herrn Manfred S. vollkommen klar, dass hinter dem Dachpappennagel-Attentat nur der »Vollidiot« Hans-Jürgen W. stecken hat können. Die Einstufung als Vollidiot musste der Manfred unter Androhung einer Ordnungsstrafe zurücknehmen. »Also gut«, sagte er in der Verhandlung, »nimm i in Vollidiot zrigg. Wenn der saubere Herr Kollege die drei Löcher, wou er mer in Oorsch neigschdochn hodd, auch zriggnimmt.« Diese drei Löcher sollen folgendermaßen entstanden sein: Jemand, womöglich der Hans-Jürgen, ist vor dem offiziellen Dienstbeginn im Büro erschienen, hat drei von Natur aus graugefärbte Dachpappennägel mittels Pattex umgekehrt, die Spitze nach oben, auf dem ebenfalls grauen Bürostuhl vom Chef gut pichend und zufriedenstellend in die Höhe ragend fixiert. Etwa eine halbe Stunde später ist Herr Manfred S., wieder einmal vor Begeisterung über die notorische Faulheit seiner Mitarbeiter laut brüllend, erschienen, und hat sich mit seinen knapp 100 Kilo voll in den Bürosessel fallen lassen. Beziehungsweise in das gut präparierte Dachpappennagelbrett.

»Suu einen Schmerz«, sagte er jetzt aus, »hob ich in mein ganzn Leb'n nunni g'habd. Bragdisch die volle Oorsch-Migräne, Herr Richter! Des kenner S' Ihner nicht vuurschdelln!« Im ersten Arschweh ist der Manfred damals aufgesprungen und wäre dabei sicherlich bis knapp unter die Decke gehupft, wenn ihn der am Hintern angenagelte Bürostuhl nicht am Hochhupfen stark behindert hätte. »Und es Bloud is mer nou die Huuserbaaner noogloffn wäi ba anner frisch oogschdochner Sau.« – »Ja«, äußerte sich der angeklagte Hans-Jürgen, »des kommer suu soong. Mir homs ja alle beobachded.« Wobei er mit seiner Zustimmung vermutlich den Selbstvergleich seines Chefs mit einer Sau meinte. »Obber dass des gloor is«, fuhr er mit seiner Aussage fort, »iich woors nicht! Dassi amol in sein Zimmer heimlich an gnaddern hob loun, schdimmd. Und es schdimmd aa, dassin amol aff sein Schreibtisch in Kalender vom vurichn Jahr hiigleechd hob, und nou isser affern Dermin, wou am Middwoch gween is, erschd am Dunnerschdooch hiiganger. Obber des mid die Dachbabbnnägl woor ich nichd!«

Wieso dann aber die gesamte Belegschaft damals in höchster Spannung die Ankunft ihres Chefs beobachtet hätte, wenn nicht durch die Vorankündigung seitens des Dachpappennagel-Attentäters, fragte der Richter den Angeklagten. »Ja Gott«, antwortete der Hans-Jürgen, »des wass doch iich nedd. Und dann is doch suu, dass mir jeden Dooch mit höchster Spannung die Ankunft von unsern geliebten Scheff beobachten. Wall mer wissen wolln, wievill Schdund dasser haid widder zerschbeed kummd. An den Dooch, wou er die Nägel im Oorsch g'habd hodd, woorns glaab i zwaarahalb Schdindla.« Eine weitere Frage des hohen Gerichts war die, ob Herr Hans-Jürgen W. aufgrund seiner diversen Anschläge nicht um seinen Arbeitsplatz fürchte. »Erschdns«, sagte der Angeklagte, »soochis edzer nu amol, dass ich des mit die Dachbabbnnägel nedd gween bin. Zweidens, dassi in Zimmer vom Scheff neili an zäing hob loun, des konn an jeden amol bassiern. Schbeziell mein Scheff, wou der edzer nach den Nagel-Addendaad ja insgesamt vier Löcher im Oorsch hodd. Und driddens is mer mei Arbeitsplatz worschd, wall i in zwaa Monat in Rentn gäih.« Viertens wurde Herr Hans-Jürgen W. vom Vorwurf des Lochens seines Chefs mit drei Dachpappennägeln mangels Beweises freigesprochen. Und wer drei Tage vor der Verhandlung am Chef-Zimmer das Emaille-Schild angeschraubt hat mit der Aufschrift »Obacht, Nagelstudio«, muss gesondert geklärt werden.

Ein Gummihut steht immer gut

Ein uraltes Nürnberger Kopfbedeckungssprichwort lautet »Ein Brömme-Hut steht immer gut«, seinerzeit formvollendet gedichtet vom Inhaber des legendären Hutgeschäfts *Brömme* in der Inneren Laufer Gasse. Leicht abgewandelt hat es jetzt auch auf den in Parkplatznot geratenen Autofahrer Albert E. zugetroffen: Ein Gummihut steht immer gut. Bei dem Gummihut hat es sich um eine sogenannte Pylone gehandelt, also ein in den fränkischen Nationalfarben Rot-weiß bedrucktes Türmchen zur Kennzeichnung von Verkehrsabsperrmaßnahmen aller Art. Als Kopfbedeckung kommt es sowohl in Hutfachgeschäften als auch auf Köpfen eher selten vor.

Eine Ausnahme hat also Herr Albert E. gebildet. Er hat an einem Freitagnachmittag in dem von Fremdlangzeitparkern gern heimgesuchten Nordstadtviertel Ziegelstein nach eigenen Angaben in großer Verzweiflung nach einem Parkplatz gefahndet und ihn in Gestalt einer vielleicht fünf Meter langen Lücke vor dem Haus des Angeklagten Johannes K. nach halbstündiger Spähfahrt endlich gefunden. Allerdings ist der Platz durch jene rotweißen Hartgummikegel ein bisschen abgesperrt gewesen. »Ner ja, und nou hobbi däi Dinger«, sagte der Albert jetzt vor Gericht, »hald aweng affd Seiten graamd und hob mei Auto hiigschdelld.« Nichtsahnend, dass hinter der Küchenfenstergardine das Auge des Anwohnerparkgesetzes lauerte, beziehungsweise die zwei Augen vom Haus- und Gummihütchenbesitzer Johannes K.

Sekunden später ist der Inhaber der Argusaugen schon aus der Haustür geschossen: »Homs dir aweng ins Hirn gschissn!? Däi Abschberrungen dou affd Seidn schäim!

Maansd gwiss, ich schdell däi aus Gaudi hii! Des is mei Bargbladz, du Haumdaucher!«

So freundlich ist der aus Weißenburg stammende Albert schon lang nicht mehr in Nürnberg begrüßt worden, und er hat nicht minder freundlich zurückgegrüßt: »Oorschluuch. Hald dei Maul.« Hat sein Auto abgesperrt und von dannen schreiten wollen. Worauf der Johannes die Autonummer des Fremdparkers in Augenschein genommen hat: »Nerdirli – aus WUG! Des kenn i scho. Dou kummers aus ihrn scheiß WUG zu uns nach Zieglschdaa und bargn uns mit ihre Brunskiibl es ganze Värddl zou, walls ihner in Barghaus vom Fluuchhoofn zer vill kost! Värzza Dooch nach Thailand fläing und die Sau rausloun, obber ka Geld fiirs Barghaus hoom!« Und dann auch noch die Pylonen wegräumen!

Herr Albert E. aus WUG hat darauf kurz angemerkt, dass er weder nach Thailand fliegt, noch dort die Sau rauslässt, sondern hier an Ort und Stelle was zu erledigen hat. »Und wäi ich den Moo gfroochd hob«, sagte der Johannes jetzt vor Gericht, »wos er dou zu erleedichn hodd – wissen S', wos der mir zur Antwort geem hodd??« Der Richter wusste es noch nicht. »Sachd der zu mir, er hodd blouß desweeng dou bargd, dasser mich amol kennerlernen konn. Und edzer, wou er mich kennd, hodder Folgendes zu erleedichn: Er buggd si edzer aweng, und nou konnin graizweis am Oorsch leckn.«

Während dieses Angebotes hat der Johannes einen der Absperrkegel ergriffen und ihn dem Albert über den Kopf gestülpt. Die Passform des rot-weißen Spitzhütchens hat aber sehr zu wünschen übrig gelassen. Das Überziehen der leuchtturmartigen Kopfbedeckungen hat ein angebrochenes Nasenbein hinterlassen, schwere Hautabschürfungen, eine Jochbeinprellung, und außerdem ist der Albert durch die weit über die Augen gestülpte Pylone praktisch blind durch die Straße geirrt. »Der Moo aus WUG läichd wie gedruckt«, befand der Johannes, »wall, wäi er gsachd hodd, dass nern ich aweng am Oorsch leckn soll, dou hodder si die Absperrung selber am Kubf aafg'hockd. Ich hobs nocherdla blouß nu a bissala noodrückt, dass nern besser bassd.« Der Richter hielt ihm aber zusätzlich vor, er habe seinem gut eingetüteten Gegner auch noch einen Tritt in den Hintern verpasst. »Ja, scho«, sagte der Johannes, »obber nerblouß durch den Oorschdridd is ja der Abschberrkegel widder vo sein Kubf rooganger. Mit dera Pylone als Houd wär der doch nie ba der Passkontrolle am Fluuchhafen durchkummer.«

Wegen Körperverletzung und Beleidigung wurde der Parkplatzabsperrer Johannes K. zu einer Geldstrafe von 1.500 Euro verurteilt. »Edzer«, sagte der Johannes zum Albert nach der Verhandlung, »edzer wär suu a Abschberrungshut nicht schlecht. Kennsd affn Faschingsball als Christuskirch verkleidet gäih und derzou singer *Ein feste Burg is unser Kubf'* …

Die geflutete Yucca-Palme

Die Heiterkeit wird bei uns oft mittels zahlreicher Biere erzeugt. Die Heiterkeit gliedert sich dann in drei Steigerungsformen, in 1. »ganz normal bsuffn«, 2. »zimmli banander« und 3. in den »Mordsdrimmerzibflrausch«. Die Klassifizierung »Mordsdrimmerzibflrausch« ist bei dem Zustand des Gerüstbaumeisters Walter S. vor einem halben Jahr durchaus angebracht gewesen, einerseits vom ansehnlichen Schwenk- und Schwankbereich her gesehen, andererseits aber auch buchstäblich – für den Fall, dass man zum Beispiel bei Mordsdrimmerzibflrausch das Wörtchen -rausch weglässt.

Die ansehnliche Unzurechnungsfähigkeit hat sich Herr Walter S. im Rahmen eines Schafkopfabends zugelegt, welcher schon seit geraumer Zeit wegen des Rauch- und weitgehend auch Kartelverbots in hiesigen Wirtshäusern immer in den verschiedenen Wohnzimmern der Schafkopfkartler stattfindet. Die Kartelrunde besteht aus fünf Mann, eigentlich schon einer zu viel, Herr Walter S. bildet als fünfter Mann meist den Beobachter und Schlichter bei strittigen Fragen sowie, im Fall von Notdurft, den sogenannten Brunskartler. Ein Brunskartler hat aber auch viel Zeit zum Trinken, eine Tätigkeit, der sich der Walter in großer Hingabe gewidmet hat. Fünf bis sechs Hefeweizen und einige Magenbitter üben bekanntlich einen gewissen Druck aus, und so hat der Walter damals mitten in einem hochdramatischen Herz-Du den Gastgeber Peter K. dringlich gefragt: »Wo issn ba dir der Abodd?« – »Schbridze!!!«, hat da der Peter gebrüllt, womit er in besagtem Herz-Du ein Kontra ankündigen hat wollen. »Ja scho, obber wo schbridzn?!«, hat der Walter zurückgewinselt. »Der Abodd! Wo gäihdsn dou hii??« Dann der in den Herz-Du vertiefte Hausherr wieder: »Sooderla, edzer schebberds! Die Zweite vo links! Suu karddld mer im Blauen Affn zu Fenedich! Und dann däi vo Rechds! Der anne dreht, der ander schleift! Und herzlich lacht die Tante!« Der Walter in seinem Qualm hat sich nur die Worte »die Zweite links« und »dann rechts« gemerkt, ist aus dem Wohnzimmer gewankt, die zweite Tür links, dann rechts – und schon ist er draußen vor der Wohnungstür im Treppenhaus gestanden, wo er einen großen Kübel entdeckt hat. In diesen Kübel hat er, in der Annahme, es handle sich um den dringend erheischten Abort, seine Hefeweizen und die Magenbitter einfließen lassen.

Jetzt vor dem Amtsgericht erinnerte sich die Zeugin Gerlinde R. mit Entsetzen an den sich ihr bietenden Anblick: »Also, Sie mäin wissen, Herr Richter, ich hob dou in Drebbnhaus scho seit Jahren einen Bflanzkübl mit anner Yucca-Palme schdäih. Und ich mecherd hald, dass dou amol eine Frucht wächst, a Yucca, odder wos. Obwohl ich goornedd wass, wos a Yucca is. Wissen Sie des vielleicht?« Der Richter wusste es auch nicht, ob aus einer Yucca-Palme eines Tages eine Yucca wächst und worum es sich dann bei dieser Yucca handelt. Sie, die Gerlinde, möge zur Sache kommen. »Ja, suu, die Sache«, fuhr die Gerlinde fort. »Also, ich kumm oomds hamm vo unsern Kaffeegränzla, is aweng schbeeder worn, gell. Dou hobbi übrigens seinerzeit ba der Weihnachtsdombola vo unsern Kaffeegränzla, hobbi die Yucca-Palme gwunner g'habd. Woor der Hauptpreis, gell. Und dou kumm ich hamm, gäih die Drebbn naaf, gell, und dou schdäihd aff aamol a Moo dorddn und ruiniert odder wäi mer dou sachd, ruiniert der in mei Yucca-Palme nei.« Sie habe sodann den Ruinierer ihrer Yucca-Palme in aller Höflichkeit gefragt, was er hier treibe.

»Ja fraali«, fuhr der Walter dazwischen, »in aller Höflichkeit! Suweid ich mich erinnern konn, hodds mi oobrülld, ob ich vielleichd aweng in Oorsch offn hob. Und dann hobbi zu ihr wahrheitsgemäß gsachd, ›dass ich nicht in Oorsch offn hob, sondern in Geengteil, es Huuserdiirla.« Jedenfalls hat ein vor allem für Fäkal- und Schimpfwörterforscher sehr interessanter Dialog stattgefunden. »Und maaner S'«, entrüstete sich die Gerlinde jetzt, »der Moo hädd – wäi er mit mir ummernandergschdriidn hodd, ob mer in eine Yucca-Palme im Drebbnhaus neibinkeln derf odder nedd, hädd der sei Ding eibaggd, sei … wäi sollin edzer dou soong, sei … wos Sie hald aa undn droo hom, Herr Richter. Mäin S' scho endschuldichn. Also des hodd der Moo rausbambln loun, wäi er mit mir blauderd hodd.« Und bat dann das hohe Gericht, es möge diesen Unhold und Yucca-Palmen-Fluter wegen Unsittlichkeit einsperren, dass ihm Hören und Sehen und Biertrinken und Rausbambeln vergeht. Nach ausführlicher Schilderung des Schafkopfabends und den damit verbundenen Irrtümern und angesichts des mehrfach bezeugten Mordsdrimmerzibflrauschs wurde der Walter aber freigesprochen. Nicht ohne den Hinweis, er möge sich in Zukunft vor der zügigen Einnahme von Bieren von der jeweiligen geografischen Lage der Toilette einen Überblick verschaffen. In Yucca-Palmen pinkelt man nicht. »Wenns nerblouß die Yucca-Palme gween wär«, schimpfte die Gerlinde, »neemhii hodder in sein Breller aa brunst. Und iich hob am andern Dooch Hausordnung g'habd …«

Advent im Glühweindelta

Der Besuch des Christkindleinsmarktes ist eine rituelle Sache, also uraltes Brauchtum. Für die einen besteht dieses Brauchtum darin, dass man den zeitweise gern leicht überbevölkerten Markt einmal weiträumig umrundet und dann wieder heimgeht. Zielstrebiger orientierte Brauchtumspfleger lassen sich in ihn, den Christkindleinsmarkt, hineinschieben und warten sodann, bis sie nach einigen Glühweinverkostungen wieder hinausgeschnalzt werden. Der Verwaltungsangestellte Roland F. gehört, wie er jetzt vor Gericht bekundete, eigentlich seit Jahrzehnten zur Gattung der weiträumigen Umrunder, ist aber im vergangenen Jahr von einem alten Schulfreund überredet worden, sich in das weitverzweigte, weltberühmte Glühweindelta mitten hinein zu begeben. Die sich daraus ergebende Gerichtsverhandlung hat infolge einer langwierigen Nervenerkrankung des Angeklagten erst jetzt stattfinden können.

Eigentlich, erinnerte sich der Roland, habe er damals nur einen Adventskranz kaufen und dann sogleich wieder heimfahren wollen. Eingedenk der mahnenden Worte seiner Ehefrau: »Dassd mer fei glei widder hammkummsd, gell!« Die Überredungskünste seines Klassenkameraden sind jedoch auf wesentlich fruchtbareren Boden gefallen. »Fünf oder sechs Glühwein«, sagte der Roland jetzt vor Gericht, »kenndns scho gween sei. Oder sieb'n oder acht.« Anschließend hat der Roland seinen Adventskranz im Kofferraum deponiert und ist *Oh, du fröhliche, oh, du selige* jubilierend wieder heimgefahren. Beziehungsweise hat er heimfahren wollen: In einem noch aus dem Mittelalter stammenden, engen Gässlein im Burgviertel ist die Heimfahrt jedoch bereits beendet gewesen.

Es hat dort ein womöglich wichtige Güter liefernder Lieferwagen geparkt und der Roland, der einen sogenannten SUV sein eigen nennt, also eine Art Omnibus breitesten Ausmaßes, hat sich durch den maximal zwei Meter schmalen Engpass zwängen wollen. »Weecher den sei Rückspiegl«, sagte der Roland, »bin i nedd durchkummer. Und aff der linken Seiten bin i fast scho an der Hausmauer gschdreifd. Und ich hob doch hamm gmäißd. Wall mei Frau hodd dringend aff unsern Abfenzgranz gwardd. Und aff miich aa.«

In seiner Zeitnot ist der Roland zunächst halb aus dem rechten Seitenfenster gekrabbelt und hat den Rückspiegel des Lieferwagens einklappen wollen. »Und aff aamol hobbi den Rückspiegl in der Händ g'habd. Und nou hobbi aussteing wolln, is obber die Tür nedd aafganger. Und dou hobbi nou gmergd, dassi genau vuur der Haustür vo den Haus gschdandn bin. Dou hodd a Frau rausgwolld aus dera Tür. Däi is obber nedd rauskummer, wall iich ja direeggd dervuur gschdandn bin, nä.« In leichter Panik und schwerer Glühweinmelancholie ist der Roland in den Kofferraum gekrochen und hat diesen öffnen wollen, was aber nicht gegangen ist. Den Adventskranz hat er sich während der Öffnungsversuche im Kofferraum auf den Kopf gesetzt, von wo er ihm auf den Hals gerutscht ist.

Wie der Fahrer des Lieferwagens, Herr Gerhard K., nach etwa halbstündigem Liefern erschienen ist, hat sich ihm folgendes Bild dargeboten: »Ausn Seitenfenster vo den Panzer hodd a Moo rausgschaud middern Abfenzgranz als Halskrause, hodd mid mein abbrochner Rückspiegl in der Händ dauernd zu anner Frau, däi wo nedd aus der Haustür nauskennd hodd, nieberbrüllt, dass edzer endlich ihr Maul haldn soll. Und mich hodder oogschriea, wo dass ich Oorschluuch edzer dahergschissn kumm, er mouß scho seit fünf Stund dahamm sei, wall sei Frau aff den Abfenzgranz wardd. Und edzer brichd scho glei die Dämmerung herein, und in Abfenzgranz find er aa nimmer!« – »Und nou«, fuhr der Lieferwagenfahrer Gerhard K. fort, »nou hobbi zu ihn gsachd, dass sei Abfenzgranz doch dou is, der hängt ummern Hals rum. Und wenn er maand, nou schdeck mer hald vier Kerzzla nei und zündns oo. Dasser in der Dämmerung wos sichd. Und wäi dann die Frau driimer an der Haustür brülld hodd, der Depp mid sein Panzer soll edzer endlich wechfoohrn, dass sie ausn Haus raus kummd – dou hobbi dann die Bollizei oogruufn.«

Wegen Rückspiegelabpflücken, Parken eines Panzers fast im Hauseingang in Tateinheit mit 1,9 Promille Fröhlichkeit und Glühweinseligkeit im Blut ist der Roland zu zwölf Monaten Führerscheinentzug und einer Geldstrafe von 6.000 Euro verurteilt worden. »Alles nedd suu schlimm«, sagte der Roland. »Es Schlimmsde woor, wäi ich an den Dooch hammkummer bin und schdadds an Abfenzgranz an abbrochner Rückspiegl mit hammbrachd hob.«

Weihnachtsglühschoppen

Weltweit gibt es unzählige, sehr voneinander abweichende Weihnachtsbräuche. Da kommt ein Sinterklaas mit dem Schiff zur Bescherung, dort braust ein Väterchen Frost durch die Lüfte und wieder wo anders erscheint am 25. Dezember praktisch der Bezirksschornsteinfeger, der durch den Schlot schlüpfende Santa Claus. Längst sollte sich die Gespensterabteilung der UNO einer globalen Vereinheitlichung der Weihnachtsbräuche und ihrer Hauptdarsteller annehmen. Da passiert natürlich wieder einmal nix! Jedoch hat sich im vergangenen Jahr dieses Problems der Versicherungsvertreter Rudolf W. endlich einmal angenommen, indem er im Rahmen einer beeindruckenden öffentlichen Aufführung gleich vier internationale Weihnachtsbräuche virtuos miteinander vermischt hat: Das Erscheinen der in romanischen wie skandinavischen Ländern üblichen Heiligen Lucia mit dem Lichterkranz am Kopf, die amerikanische Legende von Rudolf the red nosed reindeer, also vom Rentier Rudolf mit dem Glühweinzinken, den deutschen Advent und als Auslöser dieser herrlichen Weltpremiere den original mittelfränkischen Weihnachtsfrühschoppen.

»Normool«, schilderte der Rudolf die Grundlage einer fränkischen Weihnachtszusammenkunft, »driffd mer si dou immer am zweiten Weihnachtsfeierdooch. Obber mir hom unsern Frühschobbn scho seid Jahr und Dooch immer am erschdn Feierdooch, dass mer am zweidn Feierdooch widder dahamm sin ba der Familie.« Wie immer seien der Rudolf und seine Freunde damals früh gegen zehn Uhr in ihrer angestammten Gaststätte zusammengekommen und hätten sich zum Frühstück erst einmal einige Hefeweizen zapfen lassen, zur inneren

Erleuchtung. »Nou hodd uns der Wassili an vierfachn Uso hiigschdelld, und des babberde Zeich hommer middern Hetzelsdorfer noogschbüüld. Nocherdla nu a boor Bier, und ba unserer glann Bescherung, wou mir immer machn, hodds Glühwein geem. Mid Wodka drinner.«

»Des is nedd die Weld, wos mir dou drunkn hom«, fuhr der Rudolf fort. »Obber du moußd ja rechner«, duzte er das hohe Gericht aus Versehen, »du moußd ja rechner – bragdisch aff nüchdernen Moong. Dou gräigsd nou scho an ganz schäiner Gwalm zamm, gell.« Und dann, gegen Nachmittag des sogenannten Weihnachtsfrühschoppens, sei dann die Sache mit dem Adventskranz gekommen.

Der kleine, gut ausgetrocknete Fichtennadelkranz hat als Weihnachtsschmuck den Stammtisch verziert. Der Wassili, der Wirt, hat in der sich herniedersenkenden Abenddämmerung die vier roten Kerzenstumpen angezündet, worauf einer der Stammtischbrüder erst den Radius des Kranzes abgeschätzt hat, dann die vollkommen haarfreie Plattn vom Rudolf. Und dann hat er gejauchzt: »Rudi! Der Abfendsgranz hodd genau dei Hutgröße. Wardd, ich hock dern gschwind auf!« – »Ner ja«, erinnerte sich der Rudolf dunkel an seinen Auftritt als Lichtgestalt, »nou binni hald middn Abfendsgranz aff meiner Bladdn dorddn g'hockd. Zwaa Weizn hobbi glaab i nu drunkn. In Abfendsgranz hobbi ganz vergessn g'habd. Erschd wäi mir a haaß Kerznwachs aff mei Noosn drobfd is, hobbis widder gmergd. Und dou hodd nou der Wassili die CD aafgleechd mit *Rudolf se red nousd Renndier*. Wall i a roude Noosn g'habd hob.« Den polizeilichen Ermittlungen zufolge hat das rotnasige Rentier dann bezahlt und mit dem Lichterkranz am Kopf wie die Heilige Lucia taumelnd gegen 19 Uhr das

Gasthaus verlassen. »Erschd«, sagte der Rudolf, »hobbi am Kubf aweng gnadelt. Nou hom aff aamol die Zweichla es brenner oogfangd. Und in den Momend, wou ich iiber die Schdrass gäih hob wolln, is mer der brennerde Abfendsgranz aff aamol aff die Aung noogrudschd. Woor i bragdisch blind.« Und er habe dann leider das Auto nicht mehr gesehen, dessen Fahrer offenbar am 1. Weihnachtsfeiertag noch nie eine rotnasige männliche Santa Lucia, in Schlangenlinien, das Weihnachtslied »Abfend, Abfend! Mei Bladdn brennd!« brüllend auf offener Straße gesehen hat. Er hat in Panik so scharf gebremst, dass er auf die Gegenfahrbahn geraten und dort mit einem anderen Auto zusammengestoßen ist. Beide Wagen haben Totalschaden erlitten, die Fahrer sind unter Schock gestanden, dem Rudi die Augenbrauen abgebrannt und Brandblasen auf der Glatze aufgegangen. »Obber sunsd«, sagte der Rudi, »is weider nix bassierd.« Wegen gefährlichen Eingriffs in den Straßenverkehr mit 2,4 Promille ist der Vereinheitlicher internationaler Weihnachtsbräuche zu sechs Monaten mit Bewährung, 3.600 Euro Geldbuße und 18 Monaten Führerscheinentzug verurteilt worden. Und er möge, riet ihm der Richter, zum kommenden Weihnachtsglühschoppen am besten einen Handfeuerlöscher mitnehmen. »Haier nix Frühschobbn«, sagte der Rudolf, »hodd mer mei Erzengl dahamm verbuudn. In Ewichkeid Amen.«

Die Weihnachtsgans

Wenn bei uns irgendwas Geheimnisvolles, etwa ein Automotor, seinen Geist aufgibt, dann pflegt der ratlos davorstehende Hobby-Reparateur sich am Kopf zu kratzen und sich sein Scheitern nach dem 25. Anlassversuch mit den Worten einzugestehen: »Ja Gott, dou steckst halt nedd drinner, gell.« Soll heißen: Im Inneren eines solchen computergesteuerten Mysteriums spielen sich Vorgänge ab, welchen unser bisschen Kopfinhalt in keiner Weise gewachsen ist. Dass man in gewissen komplizierten Mechanismen nicht drinsteckt, gilt manchmal auch für Lebewesen, zum Beispiel für eine Weihnachtsgans. In ihr, der Gans, ist der kaufmännische Angestellte Norbert N. aber wider Erwarten doch einmal teilweise dringesteckt.

Zwei Tage vor dem 1. Weihnachtsfeiertag ist der Ehefrau vom Heinz ein Betriebsunfall größten Ausmaßes zugestoßen: Die Bratröhre hat ihren Geist aufgegeben. Diesbezügliche Kundendienste kommen während der heiligen Zeit, wie man weiß, überhaupt nicht, frühestens dann wieder an Ostern, und so hat man die Wohnungsnachbarin, Frau Hildegard N., gebeten, ob man die Gans ausnahmsweise bei ihr in den Hochofen schieben darf. »Kummer S' hald um Zwölfer rauf und hulln S' Ihr Gänsla«, hat die Hildegard gesagt. »Is doch ka Broblem unter Nachbarn.«

Es hat sich aber zu der Zeit doch ein kleines Problem zugetragen, da es an Weihnachten neben dem Gänsla noch ein weiteres altfränkisches Brauchtum gibt, den Weihnachtsfrühschoppen, in Fachkreisen auch 1. Seiertag genannt. Und wie Frau Anni R. damals ihren Mann gebeten hat »Gäihsd edzer naaf zu die Nachbern und hullsd die Goons!«, ist er von diesem Frühschoppen gerade heimgekehrt, und zwar nicht ganz allein, sondern in Begleitung einer ansehnlichen Trunkenheit. In der Küche der Familie N. hat er sodann zwei, drei formvollendete Pirouetten vollführt und dabei gelallt: »Wo issn edzer unser Storch?! Die Gniedla schdenger scho am Diisch!« Der Storch beziehungsweise die Gans hat noch in der Röhre geruht, natürlich unzerlegt. »Zäich nern amol raus, den Kambfgieger!«, hat der Heinz den Hausherrn gebeten. »Nou demmern glei drandschiern. Und euer Schrumbfgänsla aa glei miid.«

Das Tranchieren einer Weihnachtsgans ist oft leichter angeordnet als getan. Manchmal weisen die Knochen einer Gans auch nach sechsstündigem Braten eher den Härtegrad eines Baustahlgewebes auf. Nach etwa zehn Minuten Arbeit an der Geflügelschere hat die Küche der Familie N. einer Schlachthalle geähnelt: Am Fensterbrett ein Stück Gänsebrust, oben am Büfett zwei flüchtige Gänsschlegel, der Laminatboden infolge einer schönen Schicht Gänsfett und Soß ziemlich gleitfähig, sodass es den im Schweiße seines Weihnachtsfrühschoppens tranchierenden Heinz mehrfach hingebrettert hat. Vor Gericht sagte er jetzt aus, dass er die Zerlegung der insgesamt zwei Gänse ohne Weiteres und fachmännisch vollbracht hätte: »Obber mei Nachber hodd mer dauernd neigaggert. Erschd hodder gsachd, dassi die Gflüglscher vollkommen falsch oogsedzd hob. Nou häddi im Keller a Häggla hulln solln, nocherdla die Stichsääch und a Stemmeisn. Und derzou hodder immer gsachd ›Dou schdeggsd hald nedd drinner, gell‹. Und zwaa Minuddn schbeeder, wäi ich mir in halberdn Daumer wechgschniidn g'habd hob, widder sei scheiß ›Dou schdeggsd hald nedd drinner, gell‹.« Und wie der Heinz mit einem fachmännischen Schnitt statt der Gänsebrust aus Versehen den wesentlich weicheren

Gänsarsch abgetrennt hat, hat der Norbert wieder festgestellt: »Konn bassiern. Dou schdeggsd hald nedd drinner, gell.« Und da hat dann der Heinz zurückgebrüllt: »Dou schdeggsd hald nedd drinner, dou schdeggsd hald nedd drinner!!! Du konnsd mi edzer aweng am Oorsch leckn mid dein ›Dou schdeggsd hald nedd drinner‹. Blouß dassders wassd – edzer wersd glei drinnerschdeggn!« Und hat im gleichen Augenblick die zweite, noch einigermaßen intakte und vor allem sehr heiße Gans gepackt und sie, mit der Öffnung nach unten, dem Norbert mit ziemlicher Wucht über den Kopf gestülpt.

In dem Moment, wie der Norbert mit der Gans am Kopf ausgeschaut hat wie der berühmte aztekische Vogelgott, drei Viertel Mensch, ein Viertel Gans, hat seine Frau zur Küchentür hereingeschaut und ihren vor Kopfbrandwunden wimmernden Ehemann angeschrien: »Bisd du edzer aa bsuffn, odder wos?! Unser Weihnachdsgoons als Müdzn aafsedzn!!!« Dann hat sie unterm Tisch zwei Gänseflügel aufgehoben und gefragt: »Soll i der däi Flüügl vielleichd nu am Buckl hiibabbn. Nou konnsd als Weihnachdsengl zum Fenster nausfläing!«

Wegen Körperverletzung, Verwüstung einer Küche und Trunkenheit an der Geflügelschere ist Herr Heinz R. zur Erstattung aller Instandsetzungskosten und zu einer Geldstrafe von 800 Euro verurteilt worden. »Normool«, bewertete der Heinz das Urteil, »hädd i freigschbrochn wern mäin. Wall ich woor ja weihnachdlich gseeng unzurechnungsfähich.« – »Obber«, fuhr er mit einem langen Blick auf seinen Nachbarn und Gansmützenträger fort, »in denni Baragraafn vo däi Richter, dou schdeggsd hald nedd drinner, gell.«

Ein ungesundes neues Jahr

Ein gesundes neues Jahr ist eine relative Sache, denn oft beginnt ein neues Jahr relativ ungesund. Eines der ungesündesten neuen Jahre überhaupt dürfte der Verwaltungsbeamte Udo K. erlitten haben. Die Anschläge auf ihn sind jetzt ein Jahr her, der Prozess um die Kostenerstattung für seinen damals fast komplett runderneuerten Knallkörper hat dieser Tage in dritter und letzter Instanz stattgefunden. Und wieder hat dem Udo sein Nachbar, der Nebenerwerbs-Pyromane Herbert W., kategorisch festgestellt, dass es sich damals keinesfalls um einen Anschlag aus alter nachbarlicher Feindschaft gehandelt hat, sondern um eine Verkettung enorm unglücklicher Umstände.

Das neue Jahr ist damals noch keine Viertelstunde alt gewesen, wie der Udo in einer Anwandlung von tiefer Friedenssehnsucht mit einem leeren Sektglas zu seinem verfeindeten Nachbar hinübergetaumelt ist. Dort vor dem Haus vom Herbert haben die Silvesterfeiergäste bereits sehr besinnlich mit schwerer Artillerie das neue Jahr begrüßt. Doch durch die Einnahme einiger Flaschen Sekt furchtlos geworden, hat sich der Udo dem Bombardement, den Detonationen im Sekundentakt, den unablässig donnernden Bodenabwehrraketen fröhlich genähert und sich zunächst an seinen Nachbar gewandt, mit einer Zigarette im Mund: »Häsd amol gschwind a Feuer, Nachber?«

Der Nachbar Herbert W. hat gerade mit einem Sternlasspeier eine Raketenbatterie zünden wollen. »Den Schdernlasschbeier«, befand er jetzt, »hobbin nou hiig'haldn, dasser si sei Zigareddn oozindn konn. Und des woor alles, Herr Richter.« – »Des woor alles! Des woor alles! Suu ein Oorschgschmarri!«, schrie da der Udo, von furchtbaren traumatischen Erinnerungen immer noch gepeinigt, auf, »des woor nu lang nunni alles!! Wall als erschdes hodder mer sein Scheiß Schdernlasschbeier nedd an die Zigareddn hiig'haldn, sondern in mein Bart nei.« Es hat also statt der Zigarette der Vollbart vom Udo lichterloh gebrannt. Worauf der Herbert aus der Garage seinen Handfeuerlöscher geholt hat.

Andere Gäste haben auf den Vollbartbrand ebenfalls reagiert. Einer hat dem Udo ein Glas Wein ins Gesicht geschüttet, ein anderer hat nach Art der Formel-I-Rennfahrer eine Drei-Liter-Flasche Champagner stark geschüttelt, worauf dem Udo erst der geschossartig entweichende Sektkorken ein Brillenglas zerdeppert, dann das Auge verletzt und schließlich der entschäumende Champagner seinen Jogging-Anzug von oben bis unten vollkommen durchnässt hat. Dann ist der Herbert wieder aufgetaucht, mit dem Handfeuerlöscher, und es hat sich zu der Nässe ein über den gesamten Udo verteilter weißer Löschstaub gesellt, sodass man ihn ohne Weiteres für eine gerade der Pegnitz entstiegene Mischung aus Wasserleiche und Nachtgespenst halten hat können.

»Wenn des alles gween wär«, schluchzte der Udo, »nou wollerd i ja goornix soong. Obber nou hodds mer vo den Doldi sein Feuerlöscher mei Berüggn roogrissn. Genau aff suu a Racheedn-Abschussbasis draff. Und nou woor mei Haarteil fordd, droom am Himml odder wo.« – »Und walls mer«, fuhr er fort, »des anne Auch middn Seggdbfrobfn bragdisch blind gschossn hom und middn andern Auch hobbi weecher den Feuerlöscher-Dreeg nix gseeng – und nou binni über den Schneehaufn driiber gfluung und hob mer es Handglenk brochn. Und vo die Racheedn hobbi seidem einen Dinnidus in alle zwaa Ohrn. In ganzn Dooch bfeifds! Und dahamm hodd mi mei Frau nedd nei gloun, walls mi weecher den Löschstaub nedd erkannd hodd. Und dou hobbi nou nu a Lungenentzündung gräichd.«

Das Gericht bedauerte den ungesunden Jahresbeginn von Herrn Udo K. zutiefst, sprach aber den Handlöscher Herbert W. von jeglicher Schuld frei. Und ob das Neujahrsgedicht eines örtlichen Randsteindichters, das der Herbert dem Nachbar zum Abschied aus dem Stegreif aufsagte, ein Trost ist, sei dahingestellt. Es lautet: »A Lufdheuler in die Läädschn gfluung, a Seggdbfrobfn affs Auch gnalld, a Kanonerschlooch undern Oorsch exblodierd, a Racheedn es Huuserbaa naafzischd, zon Hemmerdgroong widder nausgrauschd, es Gfries aafgradzd, Drommlfell zerbladzd – die Händ verkulld, an Schnubfn g'hulld, verbrennde Hoor, a Xunds Neis Joohr!«